龍にたずねよ

みなと菫

Sumire Minato

講談社

龍にたずねよ

もくじ

（一）5
（二）16
（三）26
（四）40
（五）55
（六）62
（七）79
（八）90
（九）104
（十）117

（十一）126
（十二）139
（十三）150
（十四）157
（十五）172
（十六）180
（十七）193
（十八）206
（十九）221
（二十）230

装画・挿画／八つ森佳
装幀／bookwall（長崎　綾）

（一）

風にのって、きれぎれに歌声が聞こえてくる。

暗い中で、うっすらと目をあけてみる。

弥生《やよい》（三月）も初めの夜明け前というのに、浜《はま》ではもう漁師《りょうし》たちが漁《いさ》り歌《うた》を歌いながら、昨日しかけておいた地引《じび》き網《あみ》を引いているのだ。

私《わたし》はこののんびりした陽気な歌が大好きだった。

長く続くこの戦国の世でも、人々の暮《く》らしに変わりはない。私は勢《いきお》いよく布団《ふとん》をはねのけて起きあがり、暗がりの中で急いで着物を着た。今行けば、三の網を引くまでに間に合うかもしれない。

まだ寝静《ねしず》まっている城内《じょうない》を起こさないように、こっそりと部屋を出る。廊下《ろうか》から庭に飛びおり、ワラジをつっかけ城門に向かう。吐《は》く息が白く見える、寒い。

乳母《うば》のタヨが、「みっともないからおよしあそばせ。仮《かり》にもご領主《りょうしゅ》の姫様《ひめ》が……」と文句《もんく》を言う綿入《わたい》れのハンテンを重ねてきてよかった。

「やれやれ、八姫様《はちひめさま》、またまた朝も早《はよ》うからのお出かけですか」

寝《ね》ずの番兵が、あくびをしながら大手門《おおてもん》横のくぐり戸を開けてくれた。この青海城《あおみじょう》は海を背《せ》にした高台に立っている。夜明け前の薄闇《うすやみ》の中、カンを頼《たよ》りに浜《はま》へのゆるやかな坂道を急ぐ。

今はまだ枯《か》れ木《き》に見える林の木々が、もうすぐ来る春を待って赤い芽をふくらませているのが浜風にも感じられる。もはや冬の匂《にお》いとは違《ちが》う、ふんわりとした甘《あま》い空気だ。もうじき、海も鉛色《なまりいろ》の冬の衣《ころも》を脱《ぬ》いで、銀色の春の色に変わっていくだろう。

浜辺では盛大《せいだい》に火がたかれ、大声をあげて引きあげられた魚をしわけする者、運ぶ者、大勢《おおぜい》の漁師《りょうし》やその家族たちでごったがえしていた。

「やや、八様でねえか。また遊びにきなさったんかね」

「こっちへござらっしゃれ、八様。でっけえカニがあがったで」

あちこちから声がかかる。

「もう、三の網《あみ》は引いてしまったか?」

「いんや、今引きにかかってるところだで」

もう何十人もの人々が網に取りついている。私《わたし》も地引き網の端《はし》っこにかじりついた。男《おとこ》衆《しゅう》も女衆も息をそろえ、かけ声を合わせて網《あみ》を引く。

えいや、えいや、それ引け、やれ引け、
今日は良《い》い日じゃ、大漁じゃ……

かけ声がいつしか、漁《いさ》り歌《うた》となって浜《はま》を満たす。私《わたし》も力の限《かぎ》り網を引きながら、体を網の揺《ゆ》れにまかせて、揺らしている。網の向こう、暗い海にピチピチと小さな波がはじけはじめた。魚だ！

小波《さざなみ》はいつしか、大量の小魚が立てるキラキラ光る飛沫《しぶき》となってあふれ、飛び散る。このときになって、ようやく山の端《は》から太陽が顔を出した。光を浴びて、飛沫は黄金色《こがねいろ》に、またバラ色に輝《かがや》く。その様子はどんな宝石《ほうせき》を見るより美しいと、私は思う。ついに、銀色に輝く幾百《いくひゃく》もの魚たちがはねあがり、躍《おど》るように姿《すがた》を現《あらわ》した。

歓喜《かんき》の声が、どっとわいた。


みな総出《そうで》で、バシャバシャとはねる魚をつかんでは桶《おけ》に放りこんでいく。私は網の中に、なにやらキラリと光るものを見つけて、すくいあげた。

「やっ、姫《ひめ》様、それは水晶《すいしょう》の粒《つぶ》ではねえか！」

手を開いてみると、本当に豆粒ほどの透明《とうめい》な玉が光っている。こんな宝石が魚の網にかかるなんて聞いたこともない。

「こりゃええ、八様が来ると決まって豊漁《ほうりょう》じゃで、縁起《えんぎ》の良いお子じゃと思うておったが。八様は海から、海神様《うみがみ》から贈《おく》りもんを受けなすった。たいしたお子じゃ。八様、それは大切に持っておきなされ。そのうちきっといいことが起こりますぞい」

その場に座《すわ》りこみ、浜《はま》の衆《しゅう》と焚《た》き火《び》であぶったカニの脚《あし》にかぶりついている私《わたし》に、浜の長老がしわがれ声で語りかけてきた。

「わかった。それならこれは、私が岬《みさき》の龍神宮《りゅうじんぐう》にお仕えするときに奉納《ほうのう》しよう。小さい姉上がこの秋、お嫁入《よめい》りが決まったから、次は私が祭主になるんだ」

小さく光る水晶玉《すいしょうだま》を空に透《す》かして言いながら、ぞんざいに袂《たもと》の中に放りこんだ。

この青海《あおみ》の領《りょう》は小国だが、海運と漁、塩作りで栄えている。海の恵《めぐ》みに感謝《かんしゃ》し、海路の無事を祈《いの》るために、西の岬の突端《とったん》には龍神宮が祀《まつ》られていて、代々領主の娘《むすめ》たちがその祭主をつとめてきた。四人いる私の姉たちも、未婚《みこん》のうちは順番にそうしてきた。そして私のすぐ上の姉もこのたび縁談《えんだん》が整ったので、今は私が跡《あと》を継《つ》ぐべく、時々龍神宮に祭主見習いに通っている。

「へえっ!?　……お八様が、龍神宮の祭主様かね？　本当かね？　祭主様といえばこの上なく上品で、立《た》ち居《い》振《ふ》る舞《ま》いも立派《りっぱ》でなければ。あんなしとやかなこと、お八様、……大《だい》丈夫《じょうぶ》かねえ？　そのお行儀《ぎょうぎ》で？」

みんななかば冗談《じょうだん》、なかばまじめに心配している。浜《はま》の衆《しゅう》の視線《しせん》をあびて、私《わたし》はかじりかけたカニの脚《あし》を、急いで背中《せなか》に隠《かく》してみたけど……ちょっと遅《おそ》かった？

確《たし》かに見習いに行くたびに、私とは正反対にしとやかな姉上からは叱《しか》られてばかりで我《われ》ながら不安だ。

「……それは私だって、大兄上《おおあにうえ》にくっついて、海賊討伐《かいぞくとうばつ》に行くほうが私には向いているような気はする」

目をあげるとしらじらと明けていく、天然の地形を生かした青海の港が見える。早くも沖合《おきあい》を目指して帆《ほ》かけ舟《ぶね》が滑《すべ》るように出ていき、大型の和船が何隻《なんせき》も停泊《ていはく》して、その間を小さな*はしけが、あわただしく行きかいはじめている。

和船は蝦夷《えぞ》からの俵《たわら》ものや、矢羽に使う白鳥の羽根、東北からの木材などを運んでくる。

時には、朝鮮国《ちょうせんこく》や明《みん》からの船が入港することもある。

近ごろは、全国各地で築城《ちくじょう》がさかんに行われていて、木材の需要《じゅよう》が増《ま》している。荷は越前《えちぜん》から琵琶《びわ》の湖を通して、中央へと運ばれるのである。さらに積み荷を狙《ねら》って海賊ども

＊はしけ――本船と波止場の間を行き来する小舟《こぶね》

も横行するため、青海では、しばしば海賊討伐《かいぞくとうばつ》の兵を出さねばならない。今は私《わたし》の長兄である大兄上、信隆《のぶたか》が、軍船を率《ひき》いて海賊を追っているところだ。

以前、私はこの海賊討伐に加わりたくて、こっそりと軍船に忍《しの》びこんだことがあった。無論《むろん》、出航して間もなく見つかってしまい、大兄上にこっぴどく叱《しか》られ、さんざんお説教をくらったあげく、はしけでひとり送り返されてしまったのである。

「あれは無念でございましたのう、姫《ひめ》様」

そのときの船頭だった漁師《りょうし》が気の毒そうに言う。

「姫様はほんに、男に生まれんさったらよかったにのう。姫様に薙刀《なぎなた》を持たせたら、そこいらの侍《さむらい》なんぞには負けやせん。お館《やかた》様じゃとてそう思うて、姫様に八幡太郎義家《はちまんたろうよしいえ》公（源《げん》平《ぺい》時代の英雄《えいゆう》）にちなんだ名をつけんさったのじゃろうに」

「えっ？　そうだったの？　私の名前の八って、八幡太郎……だったのか？」

驚《おどろ》き。父上もなにを考えて女の子に昔の英雄の名などをつけたのだろう。

「いんにゃ、わしが聞いたところによると、八人目ともなると、お館様もさすがに、もう名前を考えるのに疲《つか》れて八番目だから八姫様と……」

……もういい！　常々《つねづね》私自身が、多分そんなところだろうと思っていたのだ。だって、一番上の姉上は初姫《はつひめ》、次から順に百合姫《ゆりひめ》、鶴姫《つるひめ》、すぐ上の小さい姉上だって清姫《きよひめ》というふつうの名前なのに私《わたし》だけいきなりハチ、なんて絶対手抜《ぜったいてぬ》きとしか思えない。

兄上方はみなすでに一人前の武将《ぶしょう》であり、姉上たちも有力大名や家臣に嫁《とつ》ぎ、すぐ上もこの辺では名門の息子《むすこ》と縁談《えんだん》がまとまった。みな政略結婚《せいりゃくけっこん》ではあるが、私たち豪族《ごうぞく》や大名家の娘《むすめ》は結婚で国同士の仲を取りもつ、というのがお役目である。

それなのに私だけがまだなにも定まらない。父上はやっぱり私など八番目におまけに生まれた、どうでもいい子って、思ってない……？　かなあ。


「姫様《ひめさま》!!　まあっ、なんというお姿《すがた》でございますかっ！」

城《しろ》に戻《もど》ったとたん、雷鳴《らいめい》のような大声が降《ふ》ってきた。

「タ、タヨ。お、おはよう……。ず、ずいぶんと早起きじゃな」

私の乳母《うば》、タヨが縁側《えんがわ》の上にドン！　とそびえていた。

「あれほど申しあげたのに、なんですか。またそのむさくるしいものを着て、浜《はま》の者どもに交じって漁師《りょうし》のまねでございますか。お情《なさ》けない、もう十四になられる姫様が……」

いつものように長々と説教が始まるかとうんざりしたが、今日は、はああー、と太いため息の後、

「とにかく、その綿入《わたい》れをぬいで、魚くさい着物もさっさとお着がえくださいませ。お館《やかた》

様がお呼《よ》びでいらっしゃいますから」

「父上が？　なんで？　こんな朝早くから」

そのままぐいぐい手を引かれて部屋に戻《もど》る。

「まあまあ、*おぐしもこんなにバサバサにして」

タヨがぼやきながら着物をはぎとり、髪《かみ》をちょっと乱暴《らんぼう》にすきあげて首の後ろでまとめ、小袖《こそで》を着せかけてくれた。薄紅《うすべに》の小袖は外出用だった。

「父上はなんのご用なの？　よそ行きの着物なんて……？」

「存《ぞん》じませんが、なにか大事なお話らしゅうございます。もしかしたら、姫《ひめ》様にご縁談《えんだん》……とか？」

「……タヨ、それ、本当？」

「ご縁談なら、うれしゅうございますか」

「えっ？　い、いや、そんなわけあるまい。私《わたし》にはまだそんな気はないもの。それに……多分、私みたいな子をお嫁《よめ》にもらいたいって人、いないと思う」

私もすこしは謙遜《けんそん》の気持ちで言ったのだが、タヨはコロコロと気持ち良さげに笑う。

「お姫様はよくよくご自分のことがおわかりでいらっしゃいます。当たり、でございましょうね、今の姫様に縁談を持ちかける家などございませんとも！」

鏡の中をのぞくと、男の子のように日焼けした丸顔が映《うつ》っている。

目も女の子にしてはちょっときついと言われ、眉毛《まゆげ》ときたら、くっきりとした上がり眉《まゆ》で、黙《だま》っていると、「なにか怒《おこ》っておるのか?」と聞かれる。鼻すじも通りすぎていて、幼児《ようじ》にしてはかわいくない、と子どものころからさんざん、姉たちに言われてきた。

「そなたの眉はケムシのようじゃ。目もギョロリとしていて、おなごのくせに侍《さむらい》そのものの男顔じゃ。屏風絵《びょうぶえ》の虎《とら》にそっくりじゃ」

以来、私《わたし》はきょうだいから〝トラ八《はち》〟とからかわれるようになったのである。

まだ三、四歳《さい》だったころ、家族で出かけた潮干狩《しおひが》りで、私がカニを獲《と》るのに熱中している間に、みんなから忘《わす》れられ、置いてけぼりにされたことがあった。その夕方、私がひとりベソをかきながら、*三里を歩いて城《しろ》へ戻《もど》ったときにはみんなが仰天《ぎょうてん》したものだった。

「うーむ。虎は千里を行き、また戻るというがのう」

ついに、父上までが認《みと》めてしまわれた。以来、「八は、ぶっても蹴《け》っても、土に埋《う》めても死なぬ〝トラ八〟じゃ」ということになった。

「まあ……私はどうせ、〝トラ八〟だしねえ」

すると、タヨは鏡の中の私に顔をよせ、肩《かた》をギュッと抱《だ》いてくれると、

*おぐし――頭髪《とうはつ》　*三里――約十二キロメートル

「でも、タヨはお姫《ひめ》様のお顔がとっても良い相だと思っていますよ。そのクリクリしたお目も、お眉《まゆ》がキリリとしたところも、とっても好きでございます。大人におなりになったら、お背《せ》ものび、きっと目鼻立ちのくっきりとした、堂々としたすばらしい美女におなりになりますとも！」

うーん、タヨ、辛口《からくち》だけど、こういうとこは大好き！

きしきしときしむ廊下《ろうか》を城《しろ》の奥《おく》へと進む。庭に面した一室の前でタヨがひざをつき、

「姫様が参られました」と、声をかけ障子《しょうじ》を開く。

鎧兜《よろいかぶと》、具足一式が置かれ、大小の刀が掛《か》けられた床《とこ》の間《ま》の前に座《すわ》っているのがわが父上、青海領主《りょうしゅ》、お館《やかた》様青海信義《のぶよし》である。ちょっとぽっちゃり系《けい》で戦国武将《ぶしょう》というよりは商人のようだ。父上は、戦闘系《せんとうけい》は長男である大兄上に譲《ゆず》り、自分はどちらかというと国の経営《けいえい》に力を注いでいる。

「おはようございます、父上。お呼《よ》びとのことで、参りました」

父上も「うむ」とうなずいて、こう切りだした。

「八よ、末娘《すえむすめ》のそちにもようよう役目ができた。そなたを人質《ひとじち》として、隣国《りんごく》の萩生《はぎう》につかわすゆえ、しっかりとつとめるのじゃぞ」

私《わたし》のお腹《なか》が、ずしん、と沈《しず》みこんだ。

（二）

「人質《ひとじち》……ですか？」

私《わたし》は耳を疑《うたが》った。

戦国における人質とは、『決してこちらから裏切《うらぎ》ったり、戦《いくさ》をしかけません。そのあかしに大事な家族をそちらにお預《あず》けいたします。ただし、約定《やくじょう》をたがえたときには殺されても文句《もんく》はありません』という、要は他国の捕虜《ほりょ》になりに行くわけで、できれば避《さ》けたいお役である。

「そうじゃ。なに、形ばかりのものじゃ。すこしの間、隣《となり》の国に遊びに行くつもりでいいのだ。そなたは安心して赴《おもむ》くがよい」

父上は気楽そうに言う。

青海《あおみ》の隣国《りんごく》、萩生《はぎう》は山をいくつか越《こ》えた内陸部に位置する、青海と同じく豪族《ごうぞく》の萩生氏の領国《りょうごく》である。青海から萩生まで通る街道《かいどう》をめぐって、昔から両国の間で争いが続いていた。しかし、先代のときに、ついに争いに終止符《しゅうしふ》がうたれ、今は良好な関係になってはいるが。

「でも父上、姉上たちはみんなお嫁《よめ》に行ったのに、どうして私《わたし》だけが人質《ひとじち》なんて……」

父上は手をあげて私を制《せい》した。

「そのことならば、そなたが心配せずともよい。とにかく、もう決まったことじゃ。萩生は青海からの産物や、荷を運ぶ街道《かいどう》を守ってくれる重要な同盟国《どうめいこく》ゆえ、むげに要請《ようせい》を断《ことわ》るわけにもゆかぬ。ともかく、五日後には迎《むか》えの使者が来るゆえ、ともに参るがよい。では、下がってよろしい」

相変わらずにこやかだが、父上の言葉はきっぱりとして動かない。

父上の命令は絶対《ぜったい》である。私は頭を下げて引き下がるしかなかった。


足どりも重く、自分の部屋に戻《もど》った。

人質だなんて。なんで私だけ家から出されて、大好きな海からも遠く離《はな》れたところに行かされるなんて、そんなのって、ない。

鏡の前に、今朝網《あみ》の中で見つけた小さな水晶玉《すいしょうだま》が置いてある。着物を着がえたときに落としたのを、だれかが拾ってくれたのだろう。浜《はま》の衆《しゅう》は縁起《えんぎ》が良いだの、いいことがあるだの言っていたけど、うそばっかり。そんなの全然ないじゃない。つまみあげて陽《ひ》にかざすと、やたらまぶしくて涙《なみだ》が出た。

「まあ、急に旅立ちなんてあわただしいことですね。さっそく、持っていく荷物を作らなくては。姫様《ひめさま》、やはりご愛用の『茜《あかね》ちゃん』はお持ちになるでしょうね？」

のんきなことを言いながらタヨが入ってきた。

私《わたし》の部屋は十畳《じょう》ばかりの板の間で、かわいい小鳥を描《か》いた掛《か》け軸《じく》がかけられ、花瓶《かびん》には白梅の花が清らかな香《かお》りを放っている。棚《たな》には赤い塗《ぬ》りの手箱が置かれ、私がすこしでも女の子らしくなるように、せめて部屋だけでも、と母上が心がけてくださったものである。

しかし、その中で異彩《いさい》を放っているのが、鴨居《かもい》に堂々とかけられた朱《あか》の柄《え》の薙刀《なぎなた》で、これがわが愛刀「茜ちゃん」だ。父上がお許《ゆる》しくださったので、私は五歳《さい》のときから薙刀を稽古《けいこ》してきた。武士《ぶし》は戦場《いくさば》で朱槍《しゅやり》を持つことを誇《ほこ》りとしている。朱槍は戦場では腕《うで》に自信あり、という印なのだと聞いて、私も柄の部分を朱色に塗った薙刀を持たせてもらった。

「おいおい、八《はち》よ。そなた本気で戦に出ようというのではあるまいな」と、父上もなかばおもしろがりながら、作らせてくださったのだ。思えばそのくらい、私のことは気に入ってくれていると思っていたのに……。

「まあ、まあ。なんてお顔をなさっているんですか！　萩生はほんのお隣《となり》ですし、このタヨもお伴《とも》いたしますから。そんなにご心配なさることはございませんよ」

タヨは三十代なかばの、ごくふつうのおばさんである。ちょっと見には太りぎみだが、この地方の人特有のかっちりとした体をしている。

母上ももちろん私《わたし》をかわいがってくださっているのだが、なにしろ八人もの子どもがいては、さすがにかわいがり疲《つか》れたというのか、末っ子の養育はもっぱらタヨに任《まか》せているので、私にとってはタヨが母上のようなものだ。

そのタヨは、これから私が人質《ひとじち》になる萩生の出身である。青海に嫁《とつ》いできたのだが、夫を亡《な》くして以来、この青海城《あおみじょう》に仕えている。

「萩生は青海と違《ちが》って山国。姫《ひめ》様にとっては物珍《ものめずら》しいものがたくさんございますよ。それに、じつは……萩生の山、竜ヶ岳《りゅうがたけ》には龍《りゅう》が棲《す》んでいるのですよ。萩生は龍が守る国なんです。おもしろうございましょう？」

……なに？　〝龍〟……だって？　私は一瞬《いっしゅん》目を輝《かがや》かせかけたが、やめた。いつもならこういう話には目がないほうなのだが、あいにく今日はそんな気分ではない。

「ふん、龍の棲む国じゃと？　ばかばかしい！　今どき、おとぎ話でもあるまいに！」

「おやおや、姫様にはお信じになられないのでございますか？」

「あたりまえではないか。青海にも龍神宮《りゅうじんぐう》はあるが本当に龍を見た者などいない。そんなものは昔話か伝説に決まっている……もういいから、そなたはお下がり。今日はほっといて！」

タヨを部屋から押《お》しだすとぴしゃり、と障子《しょうじ》を閉めた。

「やれやれ、姫様《ひめ》のご機嫌《きげん》ななめなこと」

ため息をつきながら廊下《ろうか》を遠ざかっていくタヨのつぶやきが聞こえた。人質《ひとじち》に出されるなんて……。今日はもうだれにも会いたくないし、話すのも嫌《いや》だった。私《わたし》は夕方までそのままゴロゴロしたあげく、いつの間にか寝入《ねい》ってしまったのだった。

朝早くからいろいろなことがあったせいか、私は意外に深く眠《ねむ》ったようだった。その眠りの中で、私は夢《ゆめ》を見た。

なぜか私は深い森の中にいて、見あげると、明るい空に星がいっぱい輝《かがや》いていた。森のはるか向こうには、真っ白に輝く大きな山が見え、不思議な光を発していた。

ああ、これがタヨに聞いた「竜ヶ岳」なんだ。夢の中でぼんやりとそう思った。萩生の伝説の龍が棲《す》んでいるという山……。

ふと、気配を感じてふり向くと、そこにひっそりと人影《ひとかげ》がたたずんでいた。

《我《われ》は白狐《びゃっこ》の神である》

そう言う声が頭の中に響《ひび》いた。

白狐は全身から燐光《りんこう》を発して丈高《たけたか》く、衣《ころも》は神官のものに似《に》た雪白《せっぱく》の直垂《ひたたれ》であった。顔は神楽《かぐら》で見るような白い狐面《きつねめん》で隠《かく》されており、どこかしらけものを思わせる真っ白なふさふさとした長髪《ちょうはつ》が、あるかなしかのそよ風になびいている。そうして驚《おどろ》いている私《わたし》に向かって、りんりんたる大音声《だいおんじょう》でこう告げた。

《汝《なんじ》、青海の娘《むすめ》よ！　汝はあの山に登り、そして〝龍《りゅう》〟にたずねよ！》

……龍に……たずねよ？　……それはどういう意味？

白狐が私のほうに近づき、衣の袖《そで》をのばして私の手を指さした。

握《にぎ》りしめていた右手を開いてみると、手のひらの中に、あの浜《はま》で拾った水晶《すいしょう》の粒《つぶ》が光っていた。

……はっと目が覚めた。タヨがかけてくれたのか、私は*夜具の中にいて、すでに外はしらじら明けだった。

夢《ゆめ》だったと知ってからも、私の胸《むね》はまだドキドキとしていた。どうしてあんな夢を見たのか、気がつけば私はまだ右手を握りしめている。開いてみると、やはりあの水晶がキラ

＊夜具――布団《ふとん》

りと光を放った。もしや、あれはこの水晶《すいしょう》が見せた夢……？

　まさか。あれはただの夢《ゆめ》、タヨから聞いた話のせいだ。頭をふって、なんとか我《われ》に返ると、今度は外の廊下《ろうか》を、あわただしく人が行きから音が耳に入ってきた。

　障子《しょうじ》の間から首だけのぞかせて、通りすがりの侍女《じじょ》に「なにかあったの？」とたずねた。

「海賊討伐《かいぞくとうばつ》においでになっておられた若殿《わかとの》様、信隆《のぶたか》様が先ほど帰港されました。凱旋《がいせん》でございます。みな港に出迎《でむか》えにいくと申して、騒《さわ》いでいるのでございます」

　侍女は顔をほころばせて教えてくれた。

　信隆大兄上《おおあにうえ》が帰ってきた！　私《わたし》も早く港へ行かなくちゃ！

　それ以上夢のことは深く考えることもなく、私は顔を洗《あら》うのもそこそこに、みんなに交じって港へと走った。


　港にはすでに、黒地に白く〝三つうろこ〟を染《そ》めぬいた、青海の旗印をかかげた大きな軍船が入港し、兵士たちは本船から小さな*小早船に乗りかえて、浜《はま》に向かっている。桟《さん》橋《ばし》には多くの領民《りょうみん》たちがつめかけて大騒《おおさわ》ぎである。城《しろ》からは一行のために馬が連れてこられ、船から降《お》りた兵士たちがひとりまたひとりと馬にまたがり、勝ち名乗りをあげる。

人々がやんやの喝采《かっさい》をあびせる。

いつに変わらぬ勝《か》ち戦《いくさ》の輝《かがや》かしさを見るたびに、私《わたし》は「ああ、男に生まれたかった」と、思う。一番しまいに、黒の糸縅《いとおどし》の鎧兜《よろいかぶと》を身につけた、ひときわ長身の武将《ぶしょう》が下船した。青海の世継《よつ》ぎ、信隆大兄上だ。

「大兄上ーっ！　おかえりなさーいっ！」

「いよう！　トラ八《はち》！　相変わらず立派《りっぱ》な眉毛《まゆげ》だな！　元気であったか！」

突《つ》き抜《ぬ》けるほど陽気な大声をかけてきた。その声にみんなが私をふり返り、どっと笑った。私はさすがに真っ赤になった。……もう！　海の男ってみんな声が大きくてきらい！

こんな大勢《おおぜい》の前で〝トラ八〟なんて呼《よ》ばないでよねっ。

城《しろ》ではその晩《ばん》、大兄上の祝勝と私の萩生行きの送別もかねて、兄弟姉妹《しまい》うちそろっての宴《うたげ》が催《もよお》された。姉たちも自分の子を連れてきたし、兄上たちの妻子《さいし》も集まったので、家族だけでも大人数だ。それぞれの前にはめったに食べられない、白いごはんが山盛《やまも》りによそわれていたし、浜《はま》からは何尾《なんび》ものみごとなタイが届《とど》けられ、野菜も肉も、ごちそうの山である。広間は、白酒で良《い》い機嫌《きげん》になった家来衆《けらいしゅう》がこっけいな歌を歌って踊《おど》り、子どもたちはしゃぎまわって、大宴会《だいえんかい》となった。

＊小早船《こばやぶね》――小型の軍用船

「トラ……いや、八よ。おまえめでたく人質《ひとじち》になるんだってな。いい度胸《どきょう》じゃのう！」

大兄上は、いかにも海の男らしく日焼けした顔に真っ白な歯がまぶしい。鍛《きた》えあげられた、がっしりとした体格《たいかく》はいかにも戦国武将《ぶしょう》という感じである。

しかしながら性格《せいかく》はいたって気さくで陽気。すでに結婚《けっこん》していて自分の子もいるのだが、このひとまわり年下の、ズボラでおてんばの末妹《まつまい》をかわいがってくれる、いいお兄さんだ。

「なにしろおまえは性格といい、顔といい、俺《おれ》にそっくりだから、心配なのだ」

……というのがその理由なのだが。

「上の姉上たちはみんな結婚しているか、祝言《しゅうげん》をひかえています。私《わたし》がお役目をつとめるのが、当然のこと。どうぞご心配なく」

我《われ》ながら健気《けなげ》にそう答えると、大兄上は笑いながら身を乗りだした。

「しかしなあ。仮《かり》にも人質となれば、*間者《かんじゃ》の役目も果たさねばならんのだぞ。できるのか？　おまえのような単細胞《たんさいぼう》に」

「えっ！　間者？　そ、そんなこともしなくてはならぬのですか、人質とは？」

大兄上はそれを聞くと、さもおもしろそうに、

「おいおい、トラ八。おまえ、そのようになにも考えずに、人質《ひとじち》を引き受けたのか？　間《かん》者《じゃ》は無論《むろん》のこと、万が一、萩生と一戦交えるとなれば、真っ先に首をはねられるのが人質じゃ。しかしまあ、その前に自害というテもあるが……」

「じ……自害とは、もしかして切腹《せっぷく》ですか？」

「切腹は男の作法じゃ。女は首すじを切る。ほれ、ここに太い血脈があるゆえ、致命《ちめい》で死ねる。迷《まよ》いなく、深く刃《やいば》を入れるのじゃ。さもないとさんざん苦しんだあげくに、介錯《かいしゃく》の侍《さむらい》に首を討《う》たれるはめになるからな。……痛《いた》いぞー」

大兄上は私《わたし》に懐剣《かいけん》を抜《ぬ》かせ、白刃《はくじん》を私の首にあてがった。そうして手をそえて、ごていねいに、自害の作法と〝苦痛《くつう》のない死に方〟を伝授《でんじゅ》してくれたものである。

＊間者《かんじゃ》——スパイ

（三）

萩生《はぎう》に出発する朝は、よく晴れあがった、〝春本番〟を思わせる日だった。

私《わたし》もいよいよ覚悟《かくご》は決まった。

両親と兄、姉たちがそろって見送りに出てくれる。

「そなたは家一番の元気者だが、おなごのくせにそこつでズボラなところがあるゆえ心配じゃ。それに、まだおなごとしてのしつけを十分にしておらぬ。くれぐれも粗相《そそう》をして、萩生の者に笑われぬようになさい」

やさしくおっとりとした母上は、万が一のことよりも、私の素行《そこう》のほうを真顔で心配してくれた。

「奥方様《おくがたさま》はああおっしゃいますけど、姫《ひめ》様がこんなふうでいらっしゃるのはタヨのせいではございませんからね。大勢《おおぜい》おられる姫様方の中で、おひとりぐらい変わり種があってもと、お館《やかた》様が乗馬だの薙刀《なぎなた》などをお許《ゆる》しになったのが原因《げんいん》でございますからね。ズボラのほうは、どなたのせいかは知りませんけど……」

タヨが母上に背《せ》を向けて、のんびりと言う。みんなが笑った。

私《わたし》は生まれて初めて家族と離《はな》れ、タヨと大きな荷（と、「茜《あかね》ちゃん」）を背負《せお》った下男ふたりを伴《とも》に、愛馬〝ススキ〟に乗って故郷《こきょう》をあとにした。

ススキは名のとおり薄《すすき》の穂《ほ》のような薄《うす》い色をした、十四歳《さい》になるおばあちゃん馬である。

おとなしい性格《せいかく》で、女の子の乗馬にはちょうど良い、と父上がくださって以来、私は乗るだけでなく飼葉《かいば》をやったり、体を洗《あら》ってやったり、とかわいがってきた。

うらうらと陽《ひ》はあたたかい。晴れの門出《かどで》ということで、新調の赤い錦《にしき》の打《う》ち掛《か》けに身を包み、萩生からの迎《むか》えの武士《ぶし》に先導《せんどう》されて、馬にぽこぽこと揺《ゆ》られていく。

最後にふり返ると、遠くに港が見える。大小の船が行きかい、沖《おき》には帆《ほ》かけ舟《ぶね》が青い海に浮《う》かぶ白い鳥のようだ。鼻の奥《おく》がツンとした。

「このながめともしばしのお別れでございますね。でも、山国には山国の良さもございますから、お楽しみに」

タヨが声をかけてきた。その萩生への街道《かいどう》は、まだ早春の雪を残した山すそを、うねうねと続いている。だんだん陽も高くなると、打ち掛けが汗《あせ》ばむほどに暑くて、なにより長時間馬に揺《ゆ》られていては、お尻《しり》が痛《いた》くてたまらない。私《わたし》は途中《とちゅう》から降《お》りて歩くことにした。いくつか山を越《こ》えていくと、突然《とつぜん》、枯《か》れ木色《きいろ》の山々の向こうにひときわ高く、雪におおわれた、輝《かがや》く白い峰《みね》が顔を出した。

「あれが龍神《りゅうじん》様のいなさるという竜《りゅう》ヶ《が》岳《たけ》ですよ。あの近くの峠《とうげ》が国境《くにざかい》です」

あれが伝説の山！　なるほど独特《どくとく》の美しさを持った山だった。一刻《いっこく》も早く、間近に確《たし》かめたくて、私は走りだした。

「姫《ひめ》様、お待ちください。……もっとゆっくりと、おしとやかに！」

後ろからタヨと下男がふうふう言いながらついてくる。

「やれやれ、お元気な姫様ですなあ」

迎《むか》えの武士《ぶし》も、馬を引きながら苦笑いしている。

まだ冬の気配が濃《こ》く、裸木《はだかぎ》ばかりの林の間を、息をきらせながら走り、私は国境の峠のてっぺんに着いていた。

ここから先は、萩生領《はぎうりょう》となる。

行く手を見おろすと、低い山々の向こうに田畑や民家の集落が目に入った。はるか向こうにはまた、遠い山脈が青くかすんでいる。山国は海辺よりも春が遅《おそ》いようで、まだ山にも里にも残雪が深そうだ。左手に見える小高い山の上の屋敷群《やしきぐん》が、萩生城《はぎうじょう》なのだろう。ところで、あれ？　目標にしてきた竜ヶ岳は？　きょろきょろとあたりを見回し、タヨに聞いてみようとふり返ったときだった。

さあっ、と木々の梢《こずえ》を鳴らして一陣《いちじん》の風が立ち、私《わたし》は思わず目をつぶった。そして風が吹《ふ》き過《す》ぎ、ようやくあけた目の前に、ひとりの少年の姿《すがた》があった。まるで今の風が運んできたかのようだと、思った。

肩《かた》に軽くカゴをひっかけ、こちらを無遠慮《ぶえんりょ》に見返してくる相手は、私よりちょっと年上の十六、七歳《さい》くらいだろうか。粗末《そまつ》ななりをしているのだが、すんなりと背《せ》が高く、陽《ひ》にやけた顔は、よく見るとすっきりと整って美しく、気品さえ感じられる。

……何者？　今まで峠《とうげ》にはひとりの人影《ひとかげ》もなかったのに、いつの間に？

見るからに農夫なのだが、堂々としてどこか並《なみ》の人とは違《ちが》う。そのせいか柄《がら》にもなく私はマゴマゴと落ち着かなかった。思いきって、「あのー」と言いかけた、とたんに向こうが口を開いた。

「……そうか、やはりおまえなのだな。今すこし大人であればと思ったが、こんな子どもとは。……しかし、やむなし。娘《むすめ》、気の毒だがこの先おまえは命がけで戦うことになろう。それが恐《おそ》ろしければ、今すぐここから国に帰れ！」

不可思議《ふかしぎ》で無礼ともいえる言葉だった。しかしそれとはうらはらに、少年のまなざしは深く、そして私《わたし》をあわれんでいるかのようだった。

「その方《ほう》、今なんと申した？　どういう意味じゃ？　私が命がけで戦うとは？　なぜそのような不吉《ふきつ》なことを言うのじゃ？　無礼であろう！」

風がひとしきりまた強くなって、雲が陽《ひ》をさえぎり風景を薄暗《うすぐら》くした。一時に真冬に戻《もど》ったような峠《とうげ》の上で、私たちは無言のまま互《たが》いににらみ合っていた。

「そこにいるのは〝狐《きつね》ゴンザ〟ではないか？」

その声に我《われ》に返ってふり向くと、息をきらせながら追いついてきた萩生の武士《ぶし》が、声をかけてきたのだった。

――キツネ……だって？

「それが名前か？　そちは、ずいぶん変な名前なのじゃな」

言いながら少年のほうをふり返ると、そこにはもうだれの姿《すがた》もなかった。

目をこらしても、峠の上にも下にも遠ざかっていく人影《ひとかげ》も見えない。……消えた？

「あやつは権三郎《ごんざぶろう》と申して、先のご領主《りょうしゅ》、今のご領主のお父上で隠居《いんきょ》なされている大殿《おおとの》様の下男でござる」

そうか、権三郎を略《りゃく》してゴンザなのか。武士《ぶし》が説明してくれた。

「元々は風来坊《ふうらいぼう》だったのを大殿《おおとの》様がお気にめして、いつのころか下男としてめしかかえられたそうな。じゃがあのとおり勝手気ままに山歩きしたり、また、今のように不意に人前に姿《すがた》を現《あらわ》すこともあれば、気配も見せず消《き》え失《う》せる。それがまるでキツネのようじゃと……。それでご城下《じょうか》の者はみな、あれを〝狐ゴンザ〟と呼《よ》んでいるのでござる」

……狐ゴンザ。不思議な若者《わかもの》だったが、もしやうわさに聞く〝*忍《しの》びの者〟とやらでは？　いずれにしても、萩生の者ならまた会えるかな。

――気の毒だが……おまえは命がけで戦うことになろう……。

それにしても、あの言葉は、いったいどういう意味だったのか。

気がつけば、竜ヶ岳が目の前だった。頂《いただき》はいつの間にか雲におおわれ、空にも黒く重たげな雲が押《お》しよせている。その中からゴロゴロと龍《りゅう》のうなり声のように遠雷《えんらい》がとどろいてきた。

「天気が変わりそうでございますわね。先を急ぎましょう」

追いついてきたタヨが言うそばから、大ぶりな雪片《せっぺん》が風に舞《ま》いはじめた。

冬の終わりを告げる牡丹雪《ぼたんゆき》の降《ふ》りしきる中を、深夜に入って、私《わたし》たちはようやく萩生城

＊忍《しの》びの者――忍者《にんじゃ》

に着いた。青海《あおみ》からはほぼ一日の道のりである。

萩生の城《しろ》は山の上に築《きず》かれた山城だ。近ごろでは石垣《いしがき》の上に建てられ、天守閣《てんしゅかく》をそなえた城が造られはじめているが、多くはまだ青海と同じく、自然の海や山、川などの地形を守りとした屋敷群《やしきぐん》で、それを〝城〟と呼《よ》んでいる。

のんびりと開放的な青海城《あおみじょう》と違《ちが》い、萩生城は山麓《さんろく》に階段状《かいだんじょう》に建ちならんだ家来たちの屋敷自体を主館の守りとしている。傾斜地《けいしゃち》にはびっしりと*逆茂木《さかもぎ》が置かれ、堀《ほり》と空堀を二重にめぐらせ、先をとがらせた丸太の柵《さく》がぐるりと主館を囲んでいる。

案内の武士《ぶし》に導《みちび》かれ、広い中庭に入ると、「龍《りゅう》」と青地に白く染《そ》めぬいた萩生の家紋入《かもんい》りののぼり旗が立ちならび、厩《うまや》や倉庫も青海より段違《だんち》がいに多い。深夜というのに篝火《かがりび》が明々とたかれている中を、まだ大勢《おおぜい》の人馬が行きかい、足軽隊が足軽大将《あしがるだいしょう》のかけ声のもとに訓練を続けている。萩生城は常《つね》に臨戦態勢《りんせんたいせい》で、いかにも荒々《あらあら》しい、〝戦国時代〟を感じさせる城だった。


まずは領主《りょうしゅ》様にあいさつをしなければならない。雪でぬれた旅装《りょそう》をあらため、城内を奥《おく》へと進む。いきなり怒鳴《どな》り声《ごえ》が聞こえた。

「この不届《ふとど》き者《もの》！　そやつの首をはねよ！」

それからものすごいわめき声と悲鳴。突然《とつぜん》のことで、さすがの私《わたし》も驚《おどろ》きと恐《おそ》ろしさで、その場にすくんでしまった。なんということろに来あわせてしまったのか。

「ご領主様《りょうしゅ》がだれかを成敗なさったところに行き合ったようですね」

そう言うタヨの顔もすこし青ざめている。私たちがその場に通されたときには、まだ数人の家来たちが、庭先からなにかを運びだしているところだった。……もしかしたら死体かも、と思うと、やっぱり気味が悪かった。

領主萩生忠光《ただみつ》はまだ若《わか》いが、青海の大兄上《おおあにうえ》よりはすこし年上のようだ。目つきは鋭《するど》く、やや神経質《しんけいしつ》な感じがする。せわしく家来に指図しているところだったので、私が頭を下げ、きまりの口上を述べ《の》ても、面倒《めんどう》くさそうにチラリと一瞥《いちべつ》しただけだった。

「そちが青海信義《のぶよし》どのの姫《ひめ》か。そちのことは*奥《おく》に任《まか》せてあるゆえ、従《したが》うがよい」

そこへひとりの武士《ぶし》がどかどかと足音も荒々《あらあら》しく乗りこんできた。領主に頭も下げず、立ったまま野ぶとい声で、言った。

「兄者《あにじゃ》、何用じゃ」

「ご領主の弟どの、忠治《ただはる》様ですよ」

タヨが小さな声で教えてくれた。兄弟だけあって見た目はよく似《に》ているが、弟のほうが体格《たいかく》も良く、態度《たいど》が大きい。兄は弟をにらみながら応《おう》じた。

＊逆茂木《さかもぎ》――とげのある木の枝《えだ》をいくつも柵《さく》に結びつけたもの　＊奥《おく》――奥方

「青海の姫《ひめ》が来たゆえ、おまえに目通しさせてやろうと思うただけじゃ」

「ふん、まだ青くさい小娘《こむすめ》ではないか！　質《しち》に取っても、青海にとっては捨《す》て石《いし》同然であろうな。わしが萩生忠治じゃ、見知りおけ」

弟どのはなんともいえない目つきで、じろじろと私《わたし》をながめたあげく、そう言い捨て、立ち去ろうとした。それをふたたび領主《りょうしゅ》が呼《よ》びとめた。

「話はまだだ。昨日買《こ》うた馬の中で葦毛《あしげ》のやつが、早朝よりおまえの厩《うまや》にいるというのはまことか？」

「おう、そうとも。あれが一番良き馬であったゆえ、大将《たいしょう》のわしがもろうた」

「なんだと？　大将とはだれのことだ！　領主であるこのわしをさしおいて、きさまなど副将にすぎぬ。総大将《そうだいしょう》はわしじゃ！」

「へっ。なにが総大将じゃ。戦上手《いくさじょうず》なわしこそ大将の器《うつわ》じゃと、家中の者が言うておるのを知らぬのか」

領主が真っ赤になって怒鳴《どな》りかえす。

「この馬鹿者《ばかもの》！　そちが同盟国《どうめいこく》の小沢《おざわ》公に無礼をはたらいたときに、わしがとりなして事なきを得たのではないか。そちこそわしに借りがあろう！」

言い争う声が廊下《ろうか》を遠ざかっていった。兄弟ゲンカのなりゆきに、呆然《ぼうぜん》として固まっていると、タヨが次は奥方様《おくがた》にごあいさつを、と言う。

「ご領主様《りょうしゅ》は奥に任《まか》せてある、とおっしゃったでしょう。つまり姫様《ひめ》は奥方様預《あず》かり、ということになるのです。奥方様は萩生の同盟国《どうめいこく》であり主筋《しゅうすじ》にあたる、お大名の小沢公からお輿入《こしい》れなさったと聞いております。どうか、奥方様のご機嫌《きげん》をそこねませんように」


その奥方様は、二十歳《はたち》すぎのなかなかきれいな人である。全面畳敷《たたみじ》きのお部屋には、美しい絵が描《えが》かれた屏風《びょうぶ》やふすま、しゃれた色目の几帳《きちょう》が置かれている。床の間《とこのま》にも青磁《せいじ》の高価《こうか》な壺《つぼ》が飾《かざ》られ、何人もの侍女《じじょ》がひかえていた。やはり大名家の威信《いしん》といおうか、同じ豪族《ごうぞく》の奥方様といっても青海の母上とは格《かく》が違《ちが》う。いい家の出、というのを鼻にかけているのか、ツンとして私《わたし》の顔を穴《あな》のあくほど見つめてくる。あげく、自分より美人ではないのを確信《かくしん》したのか、にっこりと笑って、こう申された。

「この萩生は青海と違って他国との国境《くにざかい》が多く、小競《こぜ》りあいが絶《た》えぬのです。青海のようにのんびりとはいきませんよ。それに……」

そこで帯にさしていた扇子《せんす》をはらりと開き、口元をおおって、続けられた。

「それにしても、青海もようまあ、このような黒こげの漁師《りょうし》の子のような者を送りつけてきたものじゃ。そなたは本当に姫《ひめ》なのかえ？　おお、魚くさい。忠治どのもこんな嫁《よめ》を取らずにすんで、ほんに*重畳《ちょうじょう》であった」

ころころと笑いながら、扇子《せんす》をふり空気を払《はら》った。まわりの侍女《じじょ》たちも、クスクスと忍《しの》び笑《わら》いしながらこちらを見ている。

私《わたし》は真っ赤になった。思わずひざを乗りだす私を、タヨが抑《おさ》えた。タヨを見ると、目が必死で「こらえてください」と言っていた。

「こののち、どうかよろしくお導《みちび》きくださいませ」

私は素直《すなお》に両手をついて頭を下げることにした。

まわりの侍女たちも主人同様にツンとしていたが、タヨが下男に担《かつ》がせてきた大きな包みを「これはほんのごあいさつがわりに……」と開くと、態度《たいど》が一変した。

中からは干《ほ》しワカメに塩、魚の干物《ひもの》や焼き貝、焼き魚などがどっさりと出てきたからである。ワカメ？　こんなものを……と、思っていたが、とんでもない。内陸部、山国では塩はおろか、海藻《かいそう》など大変に貴重《きちょう》なものなのである。青海の隣国《りんごく》とはいえ、いくつもの山を越《こ》えた萩生も同様で、侍女たちはコロリと態度を変えた。

「青海の姫様には○○の間より××の間がお似合《にあ》いですわ。そちらにお居間《いま》をご用意いたしますので、どうぞごゆるりと……」

まだ雪の残る小さな中庭に面した座敷《ざしき》に落ち着くと、ようやくタヨがどこからか夕げの膳《ぜん》を運んできてくれた。

「やれやれ、*ハナグスリをかがせないと、物置みたいな部屋をあてがわれるところでした。この季節に畳《たたみ》も火桶《ひおけ》もない部屋なんてたまりませんからね。……さあ、めしあがれ。ここでは魚はございませんが、今日はヤマドリを焼いたものがございました。きっとお気にめすと思いますよ」

ヤマドリは山椒《さんしょう》がきいていておいしかったが、食欲《しょくよく》はまるでなかった。

「タヨ。ここの人たちはみんな感じが悪いけど、私《わたし》では人質《ひとじち》として不足なのか?」

「まあ、そういうわけではございませんよ。ただ萩生にとっては、目論見《もくろみ》がはずれたことは確《たし》かでございましょうね。タヨが聞いたところでは、新領主様《しんりょうしゅ》になってより、萩生からは青海の姫《ひめ》をだれでもいいから、弟どのの嫁《よめ》にという申し入れが、しきりにあったそうでございます。しかし、弟どのの評判《ひょうばん》が悪いので、青海ではお断《ことわ》りしていたのです。独《どく》身《しん》の姉上様方おふたりを急いで嫁《とつ》がせられたのも、そのせいでございます」

そうだったのか、姉上たちはそれぞれ十七歳《さい》、十六歳で、結婚適齢期《けっこんてきれいき》だった。姉たちの行く先がバタバタと決められたのは、そのせいだったのか。

*重畳《ちょうじょう》――このうえなく満足なこと　*ハナグスリをかがす――わいろを渡《わた》す

「……それでもしつこく言われるので、今回はただの人質《ひとじち》としてならという条件《じょうけん》で、まだお若《わか》い八姫《はちひめ》様を一応預《いちおうあず》け、できるだけ短期間で呼《よ》び戻《もど》すおつもりなのです。姫様がご心配なさることはありません」

そしてため息をつきながら、

「……萩生も私《わたし》がいたころとはずいぶんと様子が変わっておりますね。今のご領主《りょうしゅ》のご兄弟は、あのとおり子どもの時分からお仲がよろしくないのです。忠光様はかんしゃく持ちで、ご器量のせまいお方ですし、忠治様は武勇《ぶゆう》には優《すぐ》れておいでですが粗暴《そぼう》なところがおありですし……」

ここでタヨはまたひとつ、ふうっと大きくため息をついた。

「先のご領主の忠久《ただひさ》様のころは、本当によろしゅうございました。忠久様は武勇にも優れて、国の衆《しゅう》にも良きお館《やかた》様と慕《した》われておられました。十年ほど前にご長男に家督《かとく》を譲《ゆず》られて、隠居《いんきょ》されたのですが……」

そこまで話してタヨはニッコリと私のほうへ座《すわ》りなおした。

「そうですわ。姫様、そのうち大殿《おおとの》様のお館へごあいさつに参りましょう。この城内《じょうない》のはずれにお住まいだそうですから」

その夜は、畳《たたみ》の上にしかれた布団《ふとん》の中で眠《ねむ》った。耳元に潮騒《しおさい》の音を聞きながら眠った昨日までと違《ちが》い、山の夜はしんとして深い。疲《つか》れていたはずなのに、その静かさが逆《ぎゃく》に落ち着かず、すぐには眠《ねむ》れなかった。

人質《ひとじち》の生活とはどんなものなのだろう。明日からの私《わたし》はどうなるのだろうか、眠れないままにそっと起きだして、障子《しょうじ》をすこし開けて外を見た。

いつの間にか雪はやみ、月明かりの庭をなにかの小さな黒い影《かげ》が、するすると横切っていくのが見えた。

（四）

人質《ひとじち》の暮《く》らしというものは、預《あず》けられる家や場合によって、大きく違《ちが》ってくる。預け先の養子同然に養われ、教育を受けさせてもらえることもあれば、客人としての待遇《たいぐう》をうけることもある。しかし、状況《じょうきょう》によっては即入牢《そくにゅうろう》させられ、捕虜《ほりょ》とされたりもする。

私《わたし》の場合はさしずめ、奥方様《おくがたさま》の侍女《じじょ》、というところだろうか。

翌朝《よくあさ》、早くも奥方様よりお呼《よ》び出《だ》しがあり、参上すると、皮足袋《かわたび》や男ものの下着などのつくろい物が山とつまれていた。

「兵士が戦時に着るものを整えるのは、城《しろ》のおなごのつとめじゃ。そなたも手伝うがよい」

うっと、思わず体が引いた。私はこの種の〝おなごのたしなみ〟というのが大の苦手である。裁縫《さいほう》はおろか料理も作法もからきしで、青海《あおみ》では大勢《おおぜい》いる姉たちのおかげで、なんとかごまかしてきたのだった。

「……申《もう》し訳《わけ》ありませぬ。わたくし、裁縫はいたって不調法《ぶちょうほう》で……」

「なにを申すか、命がけで戦《いくさ》にのぞむ兵にちゃんとしたものを着せてやらねば、敵《てき》のもの笑いじゃ。おなごとしてそのくらいできなくてどうする」

奥方様《おくがた》は一蹴《いっしゅう》すると、私《わたし》に無理矢理針《はり》を持たせてしまった。しかたなく侍女《じじょ》たちに交じって、さんざん指に針をさしながら縫《ぬ》い物《もの》に挑《いど》んだのだが、

「見よ！　このふぞろいな針目は。おどりを踊《おど》っているようじゃ」

「この姫《ひめ》様は袖口《そでぐち》まで縫ってしまわれたぞよ！　これでは袂《たもと》から手が出せぬわ！」

案の定、どっとばかりに笑われてしまった。

タヨが見かねて、私の縫ったところを全部ほどいて縫いなおしてくれた。侍女たちの笑い者になって、私は恥《は》ずかしさのあまり、その場から消えたくなった。奥方様がおもしろい玩具《がんぐ》を見つけたような顔で言う。

「これはこれは、失礼をした。実家では、そなたはさぞかし風にもあてぬよう、大切に育てられていたのじゃな。すまなかったのう、侍女のするようなことをさせてしもうた」

「そ、そのようなことでは決して……。家ではいろいろ手伝いはしていたのですが……」

「いやいや、それではさぞ、姫君として茶の湯、和歌などの教養を身につけておられよう」

「えっ、いえ、そっちも！　……そのたぐいのものはいっさいしたことがありませぬ」

「それは残念。それでは私《わたし》が姫君《ひめぎみ》に、行儀《ぎょうぎ》作法など指導《しどう》してさしあげよう」

奥方《おくがた》様は、にっこりと笑った。

翌日《よくじつ》からは毎日、茶道《さどう》、*立花《たてはな》、和歌を詠《よ》む、などの稽古《けいこ》をさせられた。

無論《むろん》、私にとっては苦行に等しく、苦い茶を飲みこむときの私の顔がおかしいと言っては侍女《じじょ》たちに笑われ、活《い》けた花がぶかっこうじゃ、とけなされ、和歌にいたっては我《われ》ながら目もあてられないできであった。

当然これは、皆《みな》がただ私を笑い者にするためだった。いくら人質《ひとじち》でもここまでするか！と、席を蹴《け》って立とうとしたが、タヨが懸命《けんめい》に目で「こらえよ」と訴《うった》えてくるので、がまんして座《すわ》っているしかなかった。


「お許《ゆる》しくださいませ、姫様。おつらくておられるのに、おかばいすることもできず……。でも、どうか両家の仲のため、ごしんぼうくださいませ」

自室に戻《もど》ってから、タヨが畳《たたみ》に頭をすりつけるようにして言う。

「わかっている。父上は遊びに行くようなものじゃ、とおっしゃったが、実状《じつじょう》がこういうこととご存知《ぞんじ》だったのだろうか。からかわれることも役目のひとつとはな……」

力なくそう答える自分が、自分でないような気がして情《なさ》けなかった。あの青海でのびのびと暮《く》らしていた自分はどこへ行ってしまったのか、と思うと悲しかった。

ある日、またお呼《よ》び出《だ》しがあり、奥方様《おくがたさま》の仕舞《しまい》のお稽古《けいこ》を拝見《はいけん》するように、と言われた。嫌《いや》な予感がした。

能楽《のうがく》は、都にてもただ今の流行《はやり》ということで、奥方様もお稽古に余念《よねん》がないという。声の良い侍女《じじょ》が謡曲《ようきょく》を歌い、それに合わせ奥方様が舞《ま》われる。ひとさし終えたところで、奥方様がおっしゃる。

「八姫《はちひめ》どの。そなたが仕舞を舞えるとは思わぬが、声は良さそうじゃ。私《わたし》が舞うゆえ、ひとつ歌《うと》うてみよ」

私はあせった。

「とんでもありません！　私は*謡《うたい》など知りませぬ。能楽などもただ今初めて拝見したくらいです」

「しかし、そなたとて歌のひとつやふたつ知っておるであろう。歌うてみよ。なんでもかまわぬぞ」

侍女たちも調子に乗って「歌え」「歌え」とけしかける。困《こま》りはてたが、やらなくてはこの場がおさまるまい、と腹《はら》を決めた。

「では、ひとつだけ知っている歌を歌わせていただきまする」

*立花《たてはな》――生け花　*謡《うたい》――能楽《のうがく》の謡曲《ようきょく》

冷やかし半分の好奇心《こうきしん》まるだしの一同の前に手をつき、私《わたし》は歌いだした。

えいやー　引け　そーれい　引け
今日は　良《い》い日じゃ　大漁じゃ
えいやー　引け　やーれい　引け
金波銀波の　青海様が　海の祭りじゃ
そーれい……

私が唯一《ゆいいつ》知っている、青海の「漁《いさ》り歌《うた》」だった。

案の定、侍女《じじょ》どもにどっと笑われた。

「なんじゃ？　その歌は！　漁師《りょうし》どもの下賤《げせん》なイナカ歌ではないか」

「しかも、なんという大声じゃ。姫君《ひめぎみ》とも思えぬ下品な……耳がどうかなるかと思うたぞ！」

「そのようないやしい歌に合わせて奥方《おくがた》様に舞《ま》えと申すか！　無礼な！」

罵倒《ばとう》されて、口惜《くちお》しく恥《は》ずかしく、さすがに涙《なみだ》が出てきた。

「奥方様に申しあげます。ただ今、大殿《おおとの》様が青海の姫君のお目通しをいたしたい、と申されましたので、お迎《むか》えに参上いたしました」

すずやかな男の声がその場の嫌《いや》な空気をふき払《はら》った。

見ると、あの峠《とうげ》で会った不思議な少年、〝狐《きつね》ゴンザ〟が庭先にひかえているのだった。

「その方《ほう》は大殿《おおとの》様の下男ではないか。無礼であるぞ。奥方《おくがた》様はただ今、仕舞《しまい》のお稽古中《けいこちゅう》じゃ。終わってからにいたせ！」

侍女《じじょ》が叱《しか》りつけたが、ゴンザはいっこうに気にせず、頭を下げたまま引き下がろうともしない。

「しかし、大殿様には、すぐに参れ、とのおおせでございます。至急《しきゅう》に願います」

「……そういえば、こちらに参ってより、一度は大殿様にごあいさつをしなければ、と思うておりました！　いい機会でございます。では奥方様、これにて……」

タヨがすばやく私《わたし》の手をつかみ、ゴンザをせかすとその場から私を連れだしてくれた。

私は救われた思いで、先を行くゴンザのうしろ姿《すがた》を追いかけた。

先のご領主《りょうしゅ》、大殿様の隠居所《いんきょどころ》は城中《じょうちゅう》とはいえ、山ぎわに建てられた簡素《かんそ》な庵《いおり》である。

ご自身は白髪《はくはつ》の細身で長身のご老人だが、その目はやさしく、知恵深《ちえぶか》い光をたたえている。あの兄弟の父上なのだからさぞかし……と、私《わたし》が抱《いだ》いていた警戒心《けいかいしん》を払拭《ふっしょく》してくれるようなお人だった。

「ここで*書見をしていたのだが、なにやら楽しげな歌声が聞こえてきての。なんとも心がなごむゆえ、ここで今一度聞かせてほしいと思うたのじゃ」

大殿様《おおとの》は、ニコニコして私を座敷《ざしき》に通すと、やさしくそう言ってくれた。

「お、恐《おそ》れ入《い》ります。海の者は声が大きいので……こんな遠くまでとは……。お恥《は》ずかしゅうございます」

「青海の八姫どの、よう参られた。うむ、青海の父上によう似《に》ておられる。その眉《まゆ》も目も」

「……父をご存知《ぞんじ》で？」

「無論《むろん》じゃ。まだ萩生《はぎう》と青海が領地争《りょうちあらそ》いをしていたころ、そちの父上も子どもの時分、この城《しろ》で人質《ひとじち》として過《す》ごしたのじゃ。良い子で、わしにはわが弟も同然であった。そちのことも『おなごながらに薙刀《なぎなた》を振《ふ》りまわすような元気者ゆえ、よろしゅう頼《たの》む』と父上から文《ふみ》が届《とど》いておったぞ。おなごの薙刀使い、しかも朱柄《あかえ》の薙刀とは頼もしいかぎりじゃ。そのうち披露《ひろう》してくれるかの？」

私は真っ赤になった。父上ったら、そんなことまでも書かなくても。「……あの、いえ、それほどでも……。お恥《は》ずかしゅうございます」とか、口の中でモゴモゴしているのを、大殿《おおとの》様は楽しそうにご覧《らん》になって、こう言われた。

「なにを申すか、戦乱《せんらん》の世はこの後ますます麻《あさ》のごとく乱《みだ》れていくであろう。いずれはおなごも武器《ぶき》を取って戦わねばならぬことにもなろう。姫《ひめ》どのの覚悟《かくご》は立派《りっぱ》なものじゃ」

私《わたし》は常々《つねづね》、人からは「おなごのくせに戦《いくさ》にでも出るつもりか」とか、「もっとおなごらしい習いごとをしなされ」とか、とにかく人にほめられたことがなく、その上さっきまでつらい思いでいたせいか、大殿様の言葉が涙《なみだ》ぐむほどうれしかった。


大殿様の隠居所《いんきょどころ》は、元領主《もとりょうしゅ》のすまいとも思えぬほど簡素《かんそ》で、部屋は仏間《ぶつま》とあとは二間の座敷《ざしき》。側用人《そばようにん》がひとりいる以外は他の者の姿《すがた》も見えない。せまい庭の向こうで、〝狐ゴンザ〟が畑仕事をしているばかりである。

「大殿様、すこしおたずねしてもよろしゅうございますか?」

「なんなりと」

「先ほど案内してくれた者は確《たし》かゴンザとか申すとか。私、あの者とは国境《くにざかい》の峠《とうげ》で出会いました。なんだか並々《なみなみ》ならぬ感じがあったので、いったい何者であろうかと思ううちに、不意に姿が見えなくなったのが不思議でした」

＊書見——読書

私《わたし》がそう言うと、大殿《おおとの》様はおもしろそうに、あらためて私をじっとながめ、庭のゴンザを見やった。

「そのようなことがあったとは。あやつめ、わしにはひと言も話さなんだが。はてさて、あきれた下男じゃ」

ニコニコとしている。

「案内役の話では、あの者は〝狐ゴンザ〟と申して、神出鬼没《しんしゅつきぼつ》に現《あらわ》れたり消えたりするそうでございますね。まことですか？」

大殿様は目を二、三度しばたたかせると、ゆっくりと茶をすすった。

「はて……。それは見る者がそのように思うだけのことではないのかな？　あの権三郎《ごんざぶろう》は、数年前にふらりと城下《じょうか》に現れた風来坊《ふうらいぼう》での。どこにも行くあてがないと申すので、ここで働かせることにしたのじゃ。しかし、元々が風来坊のせいか、城下にいるより山の中が気ままとみえて、よく山歩きをするようじゃ。姫《ひめ》どのはそれに出会《でお》うたのであろう」

……風来坊？　では、忍《しの》びではなかったのか？

「でも、大殿様、私にはあの者がただの下賤《げせん》な者とは見えませんでした」

大殿様は興味《きょうみ》をそそられたように、今度はじっと私を見つめた。

「ほう？　では姫どのは、あやつをどう見られたのかな？」

「私《わたし》には、なんだか、えーと……、山の精《せい》にでも出会《でお》うたような気がいたしました」

もしや忍《しの》びでは？　とも言えず、私がそう答えると、大殿様《おおとの》は大きくうなずき、声を立てて笑った。

「それはおもしろい。姫《ひめ》どのは良きことを申したの。素直《すなお》な目をお持ちじゃ。どれ、それではこの辺で、先ほどの歌を歌《うと》うてもらおうかの？」

「はい！」

私は今度こそ、声を張《は》りあげて思いきり、好きな「漁り歌」を歌った。歌の中で、なんだか青海に帰ったような気がして、心が落ち着いてきた。

歌い終わると大殿様は拍手《はくしゅ》して、この隠居所《いんきょどころ》は暇《ひま》で退屈《たいくつ》ゆえ、いつでも遊びにくるように、それと自分のことは〝おじじ様〟と呼《よ》ぶようにとも言ってくださった。私もこの萩生に来て初めて好きになれる人に出会えた気がして、うれしかった。

帰りぎわ、裏庭《うらにわ》で薪割《まきわ》りをしているゴンザを見かけた。ゴンザのほうでもチラリとこっちを見たので、サッと近づいて言った。

「そなた、峠《とうげ》で会ったときに、なぜあのようなことを申したのじゃ、私が戦うとかなんとか。あれはどういう意味であったのじゃ？」

ゴンザは表情《ひょうじょう》も変えずに答えた。

「覚えていない」

バカにされている、と思った。

「覚えていないじゃと？　そんなはずはない。そなたはうそをつくのか？」

相手はもう答えず、そのまま立ち去ろうとする。私《わたし》はその背《せ》に向かって叫《さけ》んだ。

「……どういう意味かは知らぬが、いかなる戦いでも……この青海の八は逃《に》げはせぬ！立派《りっぱ》に戦ってみせるぞ！」

するとゴンザは立ち止まり、ゆっくりとふり向くと初めて、ふわり、と花が開くように笑った。それまでの無表情から一変した、その笑顔《えがお》のあたたかさ豊《ゆた》かさは、あたりを明るくし、こちらの心まで染《そ》めるようだった。心臓《しんぞう》がドキドキした。ゴンザは静かな声でこう言った。

「おまえからは海の匂《にお》いがする」

「えっ？」思いがけない言葉だった。

「海とは青く美しく、広く……そして鉛色《なまりいろ》で強く、荒々《あらあら》しく、……それでいて、やさしいものなのだな」

ゴンザが私を見ている。私は自分がその深く、そして長い年を経《へ》たような、不思議な色をした目の中に、落ちこんでいくような気がした。

「姫様《ひめさま》、下男風情《ふぜい》をお相手に、なにを、お顔を赤くなさっていらっしゃるんですか？」

あきれたようなタヨの声が、遠くのほうから聞こえた。


「そなた、大殿様《おおとのさま》に取り入っているそうじゃな」

城《しろ》に戻《もど》るなり、奥方様《おくがたさま》からのお呼《よ》び出《だ》しがあった。私《わたし》は縁先《えんさき》に座《すわ》らされ、上座《かみざ》から奥方様が冷たい視線《しせん》をあててくる。

「取り入るなどと……。私はごあいさつにうかがっただけです」

「うそを申せ。大殿様が珍《めずら》しく声を出してお笑いになったそうではないか。あのへんくつなお方は、私の前では笑い顔ひとつお見せにならぬというのに。しかもそなたは下男にまで、色目を使《つこ》うたとか？　間者《かんじゃ》まがいに、なにか探《さぐ》りだすつもりではあるまいな」

私は真っ赤になった。まさかそんなふうに見られているとは。

「そんな……それは誤解《ごかい》でございます。私は……」

「黙《だま》れ！　年端《としは》も行《ゆ》かぬのに、行儀《ぎょうぎ》の悪いことじゃ。青海どののもこのようなできの悪い娘《むすめ》ゆえ、人質《ひとじち》にして捨《す》てるより他なかったのであろう。もうお下がり！」

奥方様はそれきり、そっぽを向いてしまった。侍女《じじょ》たちは忍《しの》び笑《わら》いしながら、こちらをうかがっている。私《わたし》は侮辱《ぶじょく》で顔を赤らめたまま、黙《だま》って頭を下げるしかなかった。

部屋に戻《もど》るとタヨが「奥方様《おくがたさま》は姫《ひめ》様が大殿《おおとの》様にお気に入られたのを嫉妬《しっと》されておられるのです。お気になさることはございません」となぐさめてくれたが、気持ちは晴れなかった。せっかく萩生に来て初めて好きになれそうな人に会ったのに、冷や水を浴びせかけられたような気がした。

もう、こんな日は早く眠《ねむ》ってしまおう。帯を解《と》くと、ポツリ、と畳《たたみ》に転がったものがある。つまみあげてみると、あの浜《はま》で拾った水晶《すいしょう》だった。

思えば、これを持ってから嫌《いや》なことばかり。幸運なんてうそだ。私はタヨに水晶の粒《つぶ》を放ると、捨《す》てるように言った。

それでも、その夜もやっぱり寝《ね》つかれなかった。

こんな暮《く》らしがいつまで続くのだろう。もう萩生なんて嫌だ！　青海に帰りたい！

そう思うと、もう一刻《いっこく》もがまんがならず、はね起きると障子《しょうじ》を引き開け、廊下《ろうか》へ飛びだしてしまった。外へ出ると、もう城内《じょうない》は真っ暗で寝静まったのか、しんとして音もない。空気は凍《こご》えるほど寒く、月光に照らされた外廊下は足がしびれるほど冷たい。走りだそうとして、はた、と足が止まった。

……私《わたし》はどこへ行こうというのだ？　子どものように飛びだしたところで、おめおめと青海に戻《もど》れるはずもない。青海の姫《ひめ》として、人質《ひとじち》という役目を放りだすわけにはいかないのだ。たとえ使用人のように扱《あつか》われ、間者《かんじゃ》と疑《うたが》われようと、ここで堪《こら》えねばならないのだ。口惜《くちお》しさとやりきれなさで、本当にそのまま子どものように座《すわ》りこんで泣きたかった。

どのくらいそうしていたのか。いいかげん、寒さも身にしみて部屋に戻ろうとすると、敷居《しきい》の上に落ちているものを踏《ふ》みそうになった。拾いあげてみると、小さなやわらかい手ざわりがあって、ほのかな香《かお》りがした。明かりにかざしてみると、それは一輪のスミレの花だった。

花、かあ……と、ぼんやりその小さな紫色《むらさきいろ》の花を見ているうちに、なぜか不思議と心が落ち着いてくるのを感じた。大きく深呼吸《しんこきゅう》して、思いきり花の香りで胸《むね》を満たすと、それまで波立っていた感情《かんじょう》がだんだんと収まってくるようだった。

……でも花なんて、こんなものどうして敷居の上に？　部屋を飛びだしたときにはなかった気がするけど……。

ふたたび廊下《ろうか》に出てみると、月に照らされた庭の残雪の上に、点々とひとすじの小さな動物のものらしい足跡《あしあと》が残されているのに気づいた。

それは庭のはずれから部屋の前まで、弧《こ》を描《えが》くように続いていた。


「これは……キツネですね」

翌朝《よくあさ》、タヨが言った。

「キツネは足を交差させて歩くので、足跡がひとすじになるんです。こんな山の上の城《しろ》ですから、けものも出入りするのでしょう」

「キツネ？　それじゃあキツネがこのスミレの花をくわえてきて、ここで落っことしていったってこと？」

「そうだと思いますよ。でもおかしいですね、スミレなんてまだまだこの辺では咲《さ》いていませんでしょう。よほど日当たりのいい斜面《しゃめん》にしか咲かないでしょうに、どこから持ってきたんでしょうね。でも、わざわざ花をくわえてくるなんて、風流なキツネだこと」

キツネが落とした花……。私《わたし》にはなんとなく、キツネが悲しんでいる私をなぐさめようと、この花をそっと置いていってくれたのだ、という気がした。妙《みょう》な考えだけれど、そう思った。

（五）

それからしばらくの間、奥方様《おくがた》からの「お呼《よ》び出《だ》し」のない日が続いた。これは私《わたし》をうとんじてというのではなく、国元でなにごとかあったのか、来客が続いているせいらしかった。

そうなると、人質《ひとじち》はすることもなく、暇《ひま》である。本でも読もうかと思い、通りかかった女中に書庫はどこかとたずねると、場所を教えてくれた。

教わったとおり書庫を探《さが》し歩《ある》いているうちに、*廓《くるわ》の奥から大勢《おおぜい》で本を読む声に気づいた。のぞいてみると二十畳《じょう》ほどの板の間で、十歳《さい》から十七、八歳くらいまでの少年が十五人ほど、それぞれ机《つくえ》に向かっているのだった。生徒たちの前に師匠《ししょう》が座《すわ》り、今読んだ箇所《かしょ》を講義《こうぎ》している。萩生《はぎう》の学問所だ。

学問所は本来、領主《りょうしゅ》が息子《むすこ》たちを教育する場で、時に家来の子弟《してい》も一緒《いっしょ》に学んだ。今のご領主にはまだ子がないということだから、これはみな家来の子たちなのだろう。

その中にひとり、大柄《おおがら》な少年が本に顔をくっつけるようにして、大きな背中《せなか》を丸めてい

*廓《くるわ》——館内の区画

るのが目立った。年は十五、六か、初めは居眠《いねむ》りをしているのかと思ったが違《ちが》った。少年は目を（けっこう細い目だ）見ひらいて真剣《しんけん》に文字を読みとろうとしている。

どうやら、かなりの近眼《きんがん》らしい。気の毒に、武士《ぶし》の子の近眼は大変だろう、戦《いくさ》ではさぞや不自由だろうとか、お節介《せっかい》なことを考えつつ、そのままこっそり見学を続けていたが、実は見学者は私《わたし》ひとりではなかった。

不意に縁先《えんさき》の植えこみから、音もなく人影《ひとかげ》が立ちあがった。

……あれっ、ゴンザがこんなところにいる。

全然気がつかなかった、いつからいたのだろう。ふうむ、さすが〝狐《きつね》ゴンザ〟だ。いや、やはりゴンザは忍《しの》びの者に違いない。ゴンザはそのまますうっと庭先から縁側に上がり、ひっそりと教室の隅《すみ》に座《すわ》りこんだ。まじめな顔で師匠《ししょう》の講義《こうぎ》を聞いている。……でも、待てよ、これはまずいのでは？　だって、ゴンザは生徒ではあり得ないもの。

案の定、それに気づいた少年たちがチラチラとゴンザを見ては、けげんな顔でふり向き、互《たが》いに目くばせしはじめた。

「お師匠様！　ここに来てはならぬ者が来ております！」

大きな声をあげて立ちあがったのは、あの近眼少年だった。少年はどかどかと床《ゆか》を踏《ふ》み、ゴンザの前に仁王立《におうだ》ちして叫《さけ》んだ。

「ここは侍《さむらい》の子が学ぶところじゃ！　狐ゴンザ！　おまえのような下男が来るところではない！　出ていけ！」

ゴンザのほうは平然として動かない。

「誤解《ごかい》ですよ、小兵太《こへいた》どの。俺《おれ》はここの拭《ふ》き掃除《そうじ》をしていただけだから」

そう言って腰《こし》のあたりから雑巾《ぞうきん》を取ると、「ほら」と、相手の顔の前でふってみせた。

小兵太というその体格《たいかく》の良い近眼《きんがん》少年は、目をすがめて雑巾と確認《かくにん》するや、顔を真っ赤にして猛然《もうぜん》と払《はら》いのけた。

「うそつけ！　おまえが拭き掃除のふりをして、何度も授業《じゅぎょう》にもぐりこんでいたのを知ってるんだぞ！　さっさと出ていけ！」

小兵太どのは乱暴《らんぼう》にゴンザの襟《えり》がみをつかみあげると、そのまま教室から引きずりだし、縁先《えんさき》から投げ落とした。

しかしゴンザは相手の投げをやわらかく受けとめ、くるりと反転して向きなおる。

「こやつ！　生意気な！」

小兵太どのも中庭に飛びおり、何度も相手をつきとばし殴《なぐ》りかかるのだが、ゴンザはひらひらと身をかわす。しかも顔にはかすかな笑《え》みを浮《う》かべているので、まるで相手をからかって遊んでいるようだ。とうとう小兵太どののほうが、息をきらせてへたりこんだ。ゴンザもそのそばにきちんと座《すわ》った。

「すまないな、小兵太どの。俺《おれ》はどうしても人の子がなにを勉強しているのか知りたくて」

「なんだと？　おまえのようないやしい者が『論語《ろんご》』を学んでどうするというのだ！　一生薪割《まきわ》りや水くみをして生きるやつに、学問など必要はない！」

ゴンザはこともなげに聞き流した。

「そうか、あれは『論語』というのか。では教えてもらえるかな、『論語』とはなんだ？」

「孔子《こうし》の言葉に決まってるだろうが！」

「孔子……とはだれだ？　王様かなにかなのか？」

「そ、そんなことは知ら……中国のえらい学者、か、なにかだ……多分……？」

小兵太どのの勢《いきお》いが微妙《びみょう》になってきた。ゴンザの流れは止まらない。

「ということは、つまり人間はその人の言葉をお手本にしているというわけだな。じゃあ、以前ここで聞いた『春秋《しゅんじゅう》』とやらの、『君子《くんし》危《あや》うきに近寄《ちかよ》らず』とは、どういう意味だ？　君子とはだれのことだ？」

「……く、君子というのは徳の高い……つまり身分ある者、ということだ。侍《さむらい》のことだ」

「はああ～、なるほど、侍《さむらい》は君子なのか。しかし、侍は戦《いくさ》をするだろう？　あれは『危《あや》うき』ではないのか？」

「…………」小兵太どのは完全に詰《つ》まってしまった。本当は「君子《くんし》危うきに近寄《ちかよ》らず」は、身分のある者は慎《つつ》しみ深《ぶか》く、危険《きけん》を冒《おか》さないものだ、といった意味なのだが、ともあれこれは小兵太どのの怒《いか》りを再燃《さいねん》してしまったようだ。

「うるさい！　下男が生意気なことを……！」

いきなりゴンザの胸元《むなもと》をつかんで殴《なぐ》りかかる。少年でも小兵太どのは大人並《おとなな》みの体格《たいかく》、まともにこぶしをくらえば大変だ。

「よせ！　そこのふたり、止《や》めぬか！」

私《わたし》は、思わずふたりの間に割《わ》りこんでしまった。

「けんかはよさぬか！　小兵太とやら、そなたも下男が下座《げざ》で勉強するくらいは許《ゆる》してやらぬか。武士《ぶし》として、狭量《きょうりょう》だとは思わぬか！」

いきなり飛びこんでわめいたので、ふたりとも驚《おどろ》いて黙《だま》った。それもつかの間、今度は小兵太どのの巨体《きょたい》が、ゆっくりと私のほうに向きなおった。

「……なにを？　なんだおまえ、男かと思ったら女か？　女で、しかも子どものくせに生意気な！　萩生の侍大将《さむらいだいしょう》をつとめる中村伝蔵《なかむらでんぞう》の息子《むすこ》の俺《おれ》に、たてつこうというのか！

見なれぬ顔だがおまえ、どこの者だ?」

「だれでもよかろう。学びたい者に身分など関係ない。そなたが学んでいる孔子とて、大学者ではあるが武士《ぶし》ではなくてもともと役人だったではないか」

小兵太どのは「なにを女が知ったかぶりを!」と、鼻息も荒《あら》く、私《わたし》を上から見おろしたが、急に気づいたように、ふふん! と鼻の先で笑った。

「なんだ、おまえは青海《あおみ》からの人質《ひとじち》の姫《ひめ》とやらではないか。人質のくせに他家の家来にえらそうに! おまえなど一朝ことあるときには、真っ先に首をはねられる身ではないか。もっとも、そうなったら俺《おれ》が一番に見物に行ってやるがな!」

意地悪く顔をのぞきこんでくる。私もカッとなって、思わずその顔めがけて平手を飛ばしていた。

「無礼者!」

パーンとかわいた音が響《ひび》いた。小兵太どのは片手《かたて》で頬《ほお》を押《お》さえて、信じられないものを見るような面持《おもも》ちで私を見ていたが、すぐに大きなこぶしを固める。うわっ、まずい!

「この女! よくも武士の顔を……他国の姫とて、許《ゆる》さん!」

ゴンザは飛んできた巨大《きょだい》なこぶしから、私をすばやく横取りし、背中《せなか》にかばうと相手の目の前でパチン! と両手を打ち合わせた。

そして面喰《めんく》らった小兵太どのが目を白黒させているスキに、私《わたし》の手を引いてさっさとその場から、逃《に》げだしたのだ。

どうして知っていたのか、ゴンザは私の部屋まで送ってくれた。

「ありがとう、ゴンザ、助かった。人質《ひとじち》の身で、またもや他家の家来ともめごとを起こすところだったわ」

ゴンザは横目で、じろりと私をにらむ。

「おまえが俺《おれ》に礼を言うことなんて、ない」

そう言うと、なにごともなかったように、庭づたいに立ち去っていった。

うしろ姿《すがた》を見送って不意に、気づく。それまでささくれだっていた自分の心は、いつの間にかおだやかなものに戻《もど》っていた。

部屋の小机《こづくえ》の上に活《い》けられたスミレの花が、まだかすかな香《かお》りを放っていた。

（六）

城《しろ》の中も気づまりだったので、私《わたし》はそれからもっぱら、おじじ様の庵《いおり》に出かけていった。おじじ様とおしゃべりをし、時には囲碁《いご》のお相手をつとめた。おじじ様は私のような小娘《こむすめ》の話でもよく聞いてくださったし、故郷《こきょう》を離《はな》れてさびしい私に、楽しい話を様々に聞かせてくださるのだった。私はおじじ様が大好きになった。

「おじじ様、萩生《はぎう》の山には龍《りゅう》がいて国を守っていると聞きました。まことの話ですか？」

「おお、まことじゃとも。竜《りゅう》ヶ《が》岳《たけ》の頂上《ちょうじょう》には龍を祀《まつ》る祠《ほこら》があって、その後ろの深い穴《あな》が龍のすみかなのじゃ」

おじじ様はにこにこと答えてくれる。私は、こんな大人がまともにおとぎ話を信じているのに驚《おどろ》いた。おじじ様も、そんな私に気づいたか、声を立てて笑いながら、

「姫《ひめ》どのが、年寄《としよ》りがそんな昔話をまに受けて……とあきれておられるのはわかる。しかし萩生の者はみな、龍を信じておる。それはこの〝萩生の庄《しょう》〟の起源《きげん》であるからのう」

そう前置きして、おじじ様は話をはじめた。

「その昔、萩生の人々は戦《いくさ》に負け、山々を越《こ》えて逃《のが》れてきた落人《おちうど》であったのじゃ。とうとう竜ヶ岳の上にまで逃れたのじゃが、敵《てき》はなおもせまってくる。そして、今にも追いつかれそうになったとき、一族の中からひとりの乙女《おとめ》が立ちあがり、山の泉《いずみ》に水晶《すいしょう》の玉を投じて、祈《いの》った。

『水神、龍神様《りゅうじん》、わが一族をどうかお救いくださいませ。そうしてくださったならば、私《わたし》たちは龍神様をお祀《まつ》りし、末永《すえなが》くお仕えいたします』

すると、泉の中から巨大《きょだい》な龍が現《あらわ》れたのじゃ。龍は大河《たいが》に姿《すがた》を変えて敵を押《お》し流《なが》し、一族は救われた。これが今の龍神川《りゅうじんがわ》じゃな。

その後泉は枯《か》れ、あとに深い穴《あな》が残った。一族はそこに祠《ほこら》を作り、龍神を祀った。そして山のふもとに住みついた。それが萩生の庄《しょう》のはじまりじゃ。

祠は今も代々の領主《りょうしゅ》が守り続けておる。それゆえ、萩生は戦にも滅《ほろ》びず、平安をたもってこられた。

……龍は確《たし》かにおられる。領内には空を飛ぶ龍の姿を見たと申す者も何人もおるのじゃ」

私《わたし》は話を信じる、信じないではなく、それほどに自分たちの国を愛している人々がいることに感じ入った。

「おじじ様も、龍《りゅう》をご覧《らん》になったことがおありなのですか？」

老人は、ふと遠くを見るような眼《め》をして、答えた。

「ふむ、そうじゃな。見たことがあったような気がする。ずっと昔、まだ、わしが童《わらべ》だったころじゃ。……しかし、今の領主《りょうしゅ》は戦《いくさ》、戦で祠《ほこら》のほうはどうなっているやら。今ではとんと、龍のうわさは聞かぬ」

おじじ様は、庭先で草むしりをしているゴンザに声をかけた。

「権三郎《ごんざぶろう》よ。そちはよく山歩きをするが、龍は見るか？」

ゴンザは草むしりの手も止めずに、ぼそぼそと答えた。

「いや、全然。俺《おれ》はあっちには行かないから。けど、里の者の話では今のご領主はまったく祠を見ないらしいから……荒《あ》れはてて、もう龍神様はいないかもしれないと言ってた。きちんと祀《まつ》らないと神様は出て行くもんだ」

おじじ様は、顔をくもらせた。

「でも私、ぜひ祠にお参りしたいです。龍を一度でもいいから見たいと思います」

おじじ様は愉快《ゆかい》そうに、ゴンザのほうに声をかけた。

「権三郎、そのうち姫《ひめ》どのを祠《ほこら》に案内してさしあげよ」

「いや、お断《ことわ》りだ。竜ヶ岳はふだんでも険《けわ》しい山だし、今ごろはまだ雪が深くて、人は入れないから……」

ゴンザは使用人のくせに、主人にもそっけなくそう言いさすと、ふふっ、と笑った。

「途中《とちゅう》まででも、竜ヶ岳はきつい。姫どののようなヒヨヒヨはつらくて泣いちまうだろうな」

「なんですって？　ヒヨヒヨとはどういうことじゃ？　無礼なことを申すな。そなたは知らないだろうが、国では〝青海《あおみ》のトラ八《はち》〟といえば、知らぬ者がない男勝《おとこまさ》りで通っているのじゃ！　遠泳だって小さな兄上にも負けぬ、相撲《すもう》だって漁師《りょうし》に負けないし。『お八《はち》様の男勝りはお顔だけじゃない』って……あっ！」

言わなくてもいいことまで言って赤くなった私《わたし》に、おじじ様もゴンザも「おなごに〝トラ八〟とは、のう」と、大笑いしたのだった。私もこのふたりの前で、ようやく元の自分が取《と》り戻《もど》せたようで、思わず顔がほころんだ。

それにしても元領主《もとりょうしゅ》というのに、おじじ様の庵《いおり》には、通いの用人と、飯炊《めした》きの女中がそれぞれひとり。そして下男のゴンザだけという簡素《かんそ》さである。どうしても息子《むすこ》のご領主が、父上を粗略《そりゃく》に扱《あつか》っているとしか思えなかった。

「おじじ様はご不自由でないのですか？　お身のまわりのお世話をする者がこれだけでは……」

「なんの、権三郎ひとりいれば十分じゃ。権三郎が割《わ》ればどんな硬《かた》い薪《まき》もやわらかくなる。どんな荒馬《あらうま》も権三郎がなでればおとなしゅうなる。水くみも洗濯《せんたく》もあっという間にしてしまう。わしには権三郎だけでよいのじゃ」

「でもゴンザは不作法すぎます。あのような下男をよくお使いになられます」

「いやいや、ゴンザはあれでよいのじゃ。あやつにはうそがないでのう」

おじじ様は本当の子か孫でも見るように、あたたかい目でゴンザを見やるのだった。ゴンザもまた、口のききようは別として、なにくれとさりげなく老人をいたわっている。その様子に、私《わたし》はふたりが主従《しゅじゅう》というよりは、なにかもっと親しい絆《きずな》で結ばれているのを感じた。

そんなふうに私たちはおだやかな時間を過《す》ごしていたが、そのころからだったろうか、ひんぱんに城《しろ》からの使いがやってくるようになったのは。

「困《こま》ったものじゃのう。この隠居《いんきょ》に用があるのは難儀《なんぎ》なときだけじゃ」

しぶい顔でおじ様がぼやくと、私《わたし》もゴンザも席をはずさねばならなかった。そうして、その回数が増《ふ》えるにしたがって、おじ様の顔は険《けわ》しくなり、元のやさしいお顔に戻《もど》るのに時間がかかるのだった。珍《めずら》しくご領主《りょうしゅ》が自ら出むいてくることもあり、長々と話があったと思うと、次には弟どのがやってきて大声でなにごとか訴《うった》える。

「……そのようなこと、ならぬ！」

時には、おじ様の大きな声が聞こえてびっくりすることもあった。

「あのおやさしいおじ様があんな大声で怒《おこ》られるなど、やはりご子息たちの仲が悪いせいなのだろうか。のう、ゴンザ、ここのご兄弟は……」

私は庵《いおり》の土間にすえつけられたカマドの前に座《すわ》りこんで、ゴンザにたずねた。ゴンザは黙々《もくもく》とカマドに薪《たきぎ》をくべている。

「知らん。同じ親から生まれた人間同士が、なぜいがみあうのか、姫《ひめ》どのこそ兄弟姉妹《しまい》があるのだからわかるのでは？」

「うーん。兄弟でも気が合うとか合わないとかはあると思う。跡目《あとめ》相続を争って兄弟が殺し合う大名家の話も、聞いたことがある。……でも、少なくとも、青海では、あそこまではない。ゴンザには兄弟はおらぬのか？」

するとゴンザはすこし考えこんだが、そっぽを向いたまま答えた。

「わからない」

「わからないって？　自分に兄弟がいたかどうか知らないのか？　変なヤツじゃな。それでは、ゴンザはここに来る前はどこにいたのじゃ？　親は？　国はどこじゃ？」

「全然覚えてない」

「あきれた。自分がどこから来たかまで覚えていない者などいるものか！　うそつきね。それとも私《わたし》をバカにしているのか？」

「そんなことはない。本当に覚えていないんだ。うるさいぞ、おまえ」

本当に、姫《ひめ》にこんな口をきく下僕《げぼく》と、どうしていつも一緒《いっしょ》にいるのかと思う。

「怪《あや》しいが、まあ許《ゆる》してやろう。でもその代わり、頼《たの》みがある」

「頼み？」

「私を山に……連れていくのじゃ！　私は海はよく知っているが、山はまだちゃんと入ったことがない。だから、知りたい」

ゴンザは鼻をふん、と鳴らして、にべもなく、

「断《ことわ》る」

と、言った。

うららかに晴れた日だった。

私《わたし》は綿入《わたい》れのハンテンを重ねて、たっつけ袴《ばかま》にワラグツという重装備《じゅうそうび》で城《しろ》を出た。前を歩いているのはゴンザだ。山歩きの足手まといだから来るなと言うゴンザに、今日はどうしても、強引《ごういん》についていくつもりなのだ。

「どうなっても知らんぞ」

ゴンザは長い足でスタスタと前を行く。私は遅《おく》れまいと急ぎ足で追いかける。うっとうしい城内《じょうない》からとき放たれると、吹《ふ》く風までもさわやかで、足どりも軽くなった。しかしそれは登坂《とはん》にかかるまでのことだった。ゴンザの言ったとおり、山はまだ残雪が深い。私は山道のぬかるみや溶《と》けかけた雪に足を取られて、たちまちのうちに泥《どろ》だらけになった。ゴンザはといえば、すいすいと固く締《し》まった雪の上を、足跡《あしあと》も残さずとぶように歩いていく。どうやったらあんなふうに歩けるのだろうか？　本当に不思議なやつだ。

まだ一面の雪原に足跡をつけてみたくて踏《ふ》みだすと、ゴンザが止めた。

「おい、そこはやめとけ。そっちは……」

「ほっといて。どうなっても知らぬのだろう……!?　うわあっ」

次の瞬間《しゅんかん》、表面だけ固くなった雪にずっぽりと足のつけねまで埋《う》もれ、私は雪の原に顔から前のめりに突《つ》っこんでいた。立ちあがろうにも内側のやわらかい雪に足が沈《しず》み、ジタバタあがいてやっと、頭からびっしょりと泥雪《どろゆき》まみれになって起きあがった。本当にいまいましい。

ゼイゼイ言いながら横を見ると、ゴンザは声もなく腹《はら》を抱《かか》えて大爆笑《だいばくしょう》している。

「その方《ほう》、手を貸《か》すでもなく……！　なんって性格《せいかく》の悪いやつなのだ!!」

雪を丸めて投げつけてやったが、ちっとも当たらない。私《わたし》は疲《つか》れて、その場にへたりこんでしまった。

冷たい風に身ぶるいしてあたりを見わたすと、まだ一面墨絵《すみえ》のような枯《か》れ木《き》の森である。動くものの気配もなく、しんと静まり返った山はただ風の音だけがさびしい。雪の白と枯れ木の黒の他には色もなく、いつの間にか日ざしもかげり、鉛色《なまりいろ》の空の下には寒々しい景色が広がっているばかりである。

頭も着物もびしょぬれで泥だらけ、手はすっかりかじかんでしまった。

「やっぱり来るのではなかった。冬の山なんて雪だらけでさびしいだけじゃ。つまらない」

ゴンザが、ふっと笑い、切れ長の目をきらりと光らせた。

「山がつまらない、だって？」

そう言うと、微笑《ほほえ》みながら空に向かって軽くポンと柏手《かしわで》を打った。その音が、周囲の山に次々にこだましていく。

そして突然《とつぜん》、世界に不思議が起こった。

山の木々がゴンザの柏手にこたえるかのように、かすかな身ぶるいをした。それからいっせいに大きくのびをして、黄緑や薄紅色《うすべにいろ》の気を吐《は》きだすのを私《わたし》は見た。

あっと思う間に、木々の芽がカチリとふくれ、急速に森全体がふっくらとした早春の息吹《いぶき》にあふれた。足元にチョロチョロと水の走る音がして、見れば雪解《ゆきど》け水《みず》のつくる小川が流れている。フキノトウが顔を出し、森のしじまを、さえずり交《か》わして飛びまわる鳥たちの声が破《やぶ》った。

「ほら、今年一番の春の渡《わた》り鳥《どり》たちがやってきた」

ゴンザがそう言うと、小鳥たちはやがていっせいにこちらに向かって飛んできて、色とりどりの宝石《ほうせき》のような羽をきらめかせて、ゴンザの頭や肩《かた》にとまろうとしている。

気がつけば水芭蕉《みずばしょう》が花開き、目をあげると木々には新芽が萌《も》え、茂《しげ》みは灰色《はいいろ》の衣《ころも》を脱《ぬ》ぎすてて瑞々《みずみず》しい緑に、山はもう白いコブシの花や山桜《やまざくら》の薄紅色に彩《いろど》られている。

もとには名も知らぬ、青い星の形をした花が咲《さ》き乱《みだ》れ、遠くを三層《そう》の枝角《えだづの》を持ったみごとなく牡鹿《おじか》がゆったりと行くのが見えた。リスやウサギが、うららかな日ざしを浴びておしゃべりをしながらとびはねている。華麗《かれい》で、そして豊《ゆた》かな山の春がそこにあった。すべてが一瞬《いっしゅん》の出来事だった。

その美しさ、笑いださずにはいられない幸福感。あまりの不思議さ。

「……ゴンザ！　すごい！　そなたはここに春を連れてきたのか？　そなたはまるで……山の神みたい！」

ゴンザも驚《おどろ》いたように私《わたし》を見つめ、うなずいて微笑《ほほえ》んだ。

「姫《ひめ》どのはこの山の春の姿《すがた》を見た。山が見せてくれたのだ」

そうしてしばらくすると、またひとつ手を打った。すると、それまでの春の景色は不意に消え去り、ふたたび元の冬景色に戻《もど》った。

「……ゴンザ、今のはなんだったのだ？　私は今まで、確《たし》かに花盛《はなざか》りの山を、けものたちを見ていたのに。あれはそちがやったの？　それとも私は夢《ゆめ》を見たのか？」

「姫どのは、キツネに化かされたのさ」

ゴンザは今度はにんまりと笑った。

なおも登っていくと、遠くにとどろくような音が聞こえてきた。「あれは？」と聞く

と、ゴンザは山の向こうを指さした。白く輝《かがや》く竜ヶ岳がくっきりと見え、その山すそを雪《ゆき》解《ど》け水《みず》で水かさを増《ま》した大河《たいが》が、ごうごうと波しぶきをあげてうねり、流れている。

すでに傾《かたむ》きかけた陽《ひ》の光に波しぶきが映《は》えて、まるで龍《りゅう》のうろこのように輝いている。

「あれが龍神川じゃな。まこと、龍そのものじゃ。あれを見て龍じゃと思う者がいても不思議ではない」

その迫力《はくりょく》と神々《こうごう》しさに、思わず手を合わせていた。

龍神川を横手に見ながら、沢《さわ》を下りていった。川は里のあたりではかなり川幅《かわはば》を広げ、流れもゆるやかなフチとなっている。河原《かわら》に出ると、二十人ばかり、里の若者《わかもの》がさかんに石投げに興《きょう》じていた。若者たちは河原の石を拾っては遠投げや水切りを競《きそ》っている。投げられた石は川面《かわも》すれすれに、鳥か魚のように何度も水を切って飛んでいく。

「おお、あれは私《わたし》もやったことがある。青海では波切りといって、浜辺《はまべ》でやるのじゃ」

ゴンザも愉快《ゆかい》そうにながめている。

「おや、あそこに小兵太《こへいた》どのがいる」

「小兵太どの？　ああ、このあいだのイヤミな近眼《きんがん》少年だな？」

ゴンザは「小兵太どの！」と声をかけながら、くったくない様子で少年に近づいていった。あきれた。

「ええー？　あんな目にあったのになんでそんなにさりげに近よれるのだ？　私《わたし》だったら一生口なんかきいてやらぬのに」

「おう、下男のゴンザと人質《ひとじち》どのか。なんの用だ？」

相変わらず横柄《おうへい》でかわいくないやつだ。

「いや、なんだか楽しそうだから」

「里の若《わか》い者に石投げを教えているのだ。遠投げをな」

若者たちが石を拾っては、次々とフチの水面《みなも》に向かって投げている。中には強肩《きょうけん》の者もいて、フチの中ほどでしぶきが上がると、わあっと歓声《かんせい》があがった。小兵太どのは目をすがめてそれを確《たし》かめ、その若者をほめた。他の者たちにも肩《かた》や手首を利《き》かせて投げるコツを教えてやっている。小兵太どのはなかなかどうして、若者たちには好かれているらしい。

「俺《おれ》はのう、この石投げが戦《いくさ》に役立つと思って訓練をしているのだ」

自慢《じまん》げに、小鼻をふくらませている。

「あきれた。戦に役立つ、ですって？　そなたはどうかしているのではないのか？　石を投げたくらいでは鎧兜《よろいかぶと》に身を固めた武者《むしゃ》を打ち殺すことなどできぬ。ケガさせるのすら難《むずか》しいではないか」

小兵太どのはさもさも素人《しろうと》が、といったふうに頭をふった。

「そこが浅知恵《あさぢえ》よ。投石で敵《てき》を倒《たお》すのが目的なのではない。平地での戦いで石が飛んでくれば、だれでも頭を守り、身をふせるだろう？　ようするに投石によって敵に顔を上げさせず、地面に釘付《くぎづ》けにしたところを、騎馬《きば》にていっきに踏《ふ》みにじればいいのだ。俺《おれ》はいずれこの『石投げ戦法』をお館《やかた》様に進言するつもりなのだ」

「あっ、なるほど。それはだれも考えつかない奇策《きさく》かも」

この近眼《きんがん》少年は見かけによらず頭はよさそうだ。

「どうじゃ、狐《きつね》ゴンザ。おまえも石投げができれば〝石投げ隊〟に加えてやらぬでもないぞ」

ゴンザは苦笑《くしょう》しながら、首をふった。

「俺《おれ》は石投げなど苦手だし、それに戦《いくさ》に加わるのもごめんだ」

「この意気地《いくじ》なしめが！　おまえのような下男でも、足軽《あしがる》として戦地に行かねばならぬこともあるのだぞ。ほら、石を持ってみろ」

ゴンザが本当に嫌《いや》がっているのに、無理矢理石を持たせようとするので、私《わたし》は見かねて口を出した。

「それなら、ゴンザに代わって私《わたし》が投げてやろう！」

「ふふん！　おなごなどに石投げができるものか」

私は上に着ていた綿入《わたい》れを脱《ぬ》いだ。

「兄上たちに教わったのじゃ。遠投げは難《むずか》しいが、波切りなら八回は自信がある」

「おもしろい。やってみろ。三、四回はざらだが八、九回は男でも、できる者はそうおらぬ」

私は河原《かわら》を歩きまわって、よく飛びそうな丸くて平らな石を選びだした。

女が石を投げるというので、若者《わかもの》たちが寄《よ》ってきて見物している。私は緊張《きんちょう》しながら、姿勢《しせい》をかまえ、肩《かた》を引いてから大きく回して、投げた。石は勢《いきお》いよく水面すれすれに飛んでいった。一度水をきり、浮力《ふりょく》を得て二度、三度と続けざまに水からはねあがり、生き物のように進んでいく。五度、六度そして連続した水しぶきが九個《こ》を数えたところで、石は沈《しず》んだ。

「やったーっ！」

私は天にこぶしを突《つ》きあげた。わあっ、すげえっ、と若者たちの歓声《かんせい》があがった。

「うーむ。おなごのくせに、なかなかの者じゃ」

小兵太どのは拍手《はくしゅ》しながら私《わたし》をほめた。ゴンザも笑いながら見ている。

そのとき、川沿《かわぞ》いの街道《かいどう》を、馬をとばしてくる武者《むしゃ》があった。背《せ》には萩生の紋所《もんどころ》を染《そ》めぬいた小さな旗指物《はたさしもの》をさしている。使者なのだろう。使者は私たちのそばにさしかかると歩をゆるめ、若者《わかもの》たちの中に小兵太どのを見つけて、声を張《は》った。

「中村《なかむら》小兵太。すぐに登城《とじょう》いたせ。お館《やかた》様から重要なお話があるはずじゃ」

「重要な？」

使者は厳《きび》しい面持《おもも》ちでうなずき、こう告げた。

「戦《いくさ》が始まるのじゃ」

（七）

城内《じょうない》にはすでに、ものものしい緊張《きんちょう》がみなぎっていた。

武器《ぶき》や旗指物《はたさしもの》を運ぶ荷車が行きかい、早くも甲冑姿《かっちゅうすがた》の武者《むしゃ》が馬を移動《いどう》させたりしている。タヨに聞くと、萩生《はぎう》は同盟国《どうめいこく》であり領主《りょうしゅ》の妻《つま》の実家である小沢《おざわ》氏の戦《いくさ》に加わることになった、という話だった。

小沢氏は羽田長盛《はだながもり》という大名に攻《せ》めこまれ、苦戦を強《し》いられている。そのための援軍《えんぐん》として出陣《しゅつじん》が決まったのだ。対する羽田長盛は近ごろ急速に台頭してきた新勢力《しんせいりょく》で、兵力は強く、またたく間に周辺の国々を総《そう》なめにして領地を拡大《かくだい》してきた。その手がついに、小沢領にせまったのである。

萩生もご領主を総大将《そうだいしょう》に弟どのも出陣し、総力をあげて羽田を阻止《そし》することになったのだった。私《わたし》は、おじじ様の不快《ふかい》の原因《げんいん》はこれだったのだと気づいた。

いくら断《ことわ》れない戦でも、ご領主ばかりか弟どのまで出陣すれば国を守る者がいなくなる。そのため、どちらかが国に残るようにおじじ様は意見をしたのだが、ふたりとも譲《ゆず》ろうとしない。なにしろ戦《いくさ》で手柄《てがら》をたてれば、恩賞《おんしょう》や領地《りょうち》にあずかれる。ことに弟のほうはすこしでも兄より出世を望んでいるので、引く気はなかった。

そうして里の雪もあらかた消えた日、萩生軍は出陣《しゅつじん》していった。出陣式のまぎわまで、ご領主と弟どのは、良い馬や強い兵士を取り合い、言い争っていた。

みごとな兜《かぶと》と鎧《よろい》、立派《りっぱ》な陣羽織《じんばおり》をまとったふたりは、なかなか立派な武将《ぶしょう》ぶりだったが、おじじ様の顔はくもったままだった。

「あんなことで陣中、戦場で、まこと兄弟で助け合えるのか？」

おじじ様のなげきはそこにあった。

従《したが》う足軽《あしがる》たちは、ほとんどがふだん野良《のら》で働く農民である。幸い、今はまだ耕作《こうさく》の始まる前ではあるが、多くは働き手の男たちなので、残る女、子ども、老人たちは心細げだ。

そして隊列をしたてて城門《じょうもん》を出ていく兵士たちを、無念の表情《ひょうじょう》で見送る小兵太《こへいた》どのの姿《すがた》もあった。

少年であっても小兵太どのの年ごろの友人たちはみな、父上とともに伝来の鎧を身につけて初陣《ういじん》をかざるのだ。

「小兵太どのは出陣しないのね」

「小兵太どのは目が近いゆえ、武士の道は無理じゃとお父上から言《い》い渡《わた》されているとか」

「それは仕方がない。近眼《きんがん》では戦うにしても相手がよく見えぬのでは不利だし、指揮《しき》をとるのにも戦況《せんきょう》が見えねば武将《ぶしょう》としてもつとまらぬ。……気の毒じゃな。武家の子で武士になれぬ者は学者か僧《そう》になるしかないのだもの」

「どうして戦《いくさ》に出られないのが、そんなに気の毒なのだ？　俺《おれ》には戦そのものがわからない。食が足りてねぐらがあれば、山のけものでさえ互《たが》いに争ったりしない。どうして人間はお互いに殺し合うことを誇《ほこ》りに思うのだろう？　姫《ひめ》どのも戦は好きか？」

見あげると、ゴンザはいつになくさびしげな表情《ひょうじょう》をしている。私《わたし》は思いがけないことを聞かれて、答えを懸命《けんめい》に探《さが》した。

「うーん、それは今まで考えたこともない。だって武士の子と生まれたら戦は覚悟《かくご》のことだし、だれでも戦ではなばなしく手柄《てがら》をたてることを夢見《ゆめみ》ると思う。私だって男の子に生まれていたら、と思うもの。私が生まれてからは青海《あおみ》では戦はなかったけど、商船を守るために海賊討伐《かいぞくとうばつ》には行くわ。つまり……人にはどうしても闘《たたか》わねばならないときがあるのよ。そして、そのときに逃《に》げてはならぬのが武士なの」

なんとなく、ゴンザの目を避《さ》けるようにそう答えた。

萩生の里から千人近い男たちが出て行ってしまうと、城《しろ》は百人ほどの留守居《るすい》の侍《さむらい》と女たちだけになった。兵糧作《ひょうろうづく》りも当分はなく、奥方《おくがた》様は萩生軍の戦勝を祈《いの》るため、仏間《ぶつま》に籠《こ》もられている。

私《わたし》は例のたっつけ袴《ばかま》にワラグツをはき、ゴンザの山歩きにくっついていくのが日課となり、山道にもずいぶん慣《な》れた。

日当たりのいい斜面《しゃめん》では、もう薄緑《うすみどり》のワラビやゼンマイが採《と》れる。山を知りぬいているゴンザは、おじじ様のためにそれらを採って帰るのだ。

この日訪《おとず》れたのは、夢《ゆめ》のように美しい薄紫《うすむらさき》にけむるカタクリの花畑だった。カタクリは花もかれんで美しいが、食べてもおいしい山菜である。

夢中《むちゅう》になって摘《つ》んでいる私の目の端《はし》に、音もなく動く黒い影《かげ》がよぎった。

……鹿《しか》かな？　と思い、視線《しせん》をまわすと、大きな動物がすぐ先の小高い岩場に飛《と》び移《うつ》ったところだった。

とたんに数頭が続けざまに岩場に現《あらわ》れた。ふさふさとした尾《お》、灰色《はいいろ》の粗《あら》い毛におおわれた体。とがった長い鼻先から耳元まで流れる大きな口。静かでかつ恐《おそ》ろしい、冷たい炎《ほのお》のような目が、私をにらんでいる。

「……狼《おおかみ》!?」

私は恐怖《きょうふ》で汗《あせ》がどっとふきだすのを感じ、とっさに足元の石を拾った。その手をゴンザが抑《おさ》えた。

「姫《ひめ》どの、ならぬ。そのままじっとしていろ。恐《おそ》れるな、狼《おおかみ》は人間の恐怖《きょうふ》の匂《にお》いに刺激《しげき》を受けてよけいに攻撃《こうげき》してくる」

「だってゴンザ、相手は狼だぞ！　山の鮫《さめ》じゃ！　喰《く》いつかれたら、おしまいではないか」

「そんなことは起こらぬ。狼は俺《おれ》たちに用があるのだ」

……用……だって？　今や、二十頭を超《こ》す狼が値《ね》ぶみでもするかのように、私《わたし》たちを見おろしている。私は叫《さけ》びだしたいほど怖《こわ》かったが、がまんしてゴンザの言うとおり、ふるえをこらえじっとしていた。

すると、目を疑《うたが》うことが起きた。

群《む》れの中からひときわ大きな、真っ黒な狼がゆっくりと歩みでて、私たちに向かっておじぎをしたのだ。私がびっくりして横を見ると、驚《おどろ》いたことにゴンザもまた狼に向かって、わずかに答礼を返しているのだった。黒狼は耳をピンと立て、鼻づらをあげて、しばらくの間ゴンザと目を見交《みか》わした。そしてゴンザがかすかにうなずくと、静かにきびすを返し森の奥《おく》へと歩きだした。一群《いちぐん》の狼たちもそれを見届《みとど》けたか、黒狼を追うように粛々《しゅくしゅく》と、森の薄闇《うすやみ》の中へと溶《と》け去《さ》っていった。

私《わたし》は安堵《あんど》のあまり、ひざから力が抜《ぬ》け、その場に座《すわ》りこんでしまった。

しかし、これはどういうこと？　ゴンザは狼《おおかみ》と知り合いなのか？　いや、狼はゴンザを敬《うやま》っているようにさえ見えた。ゴンザといると不思議なことばかり起きる。いったいゴンザとは何者なのだ？　いくら忍《しの》びだとしても、けだものと……？

「のう、ゴンザ。そなたは……？」

「……帰るぞ！」

「えっ？　でもまだ……」

ぐいっと手をつかまれて立たされた。ゴンザの顔は別人のように厳《きび》しいものに変わり、切れ長の目は遠いものを見通すかのようだった。

「あの黒い……狼の長《おさ》が教えてくれたのだ。間もなくこの里に多くの敵《てき》が押《お》しよせると、巨大《きょだい》な炎《ほのお》の蛇《へび》がやってくる。狼はそれゆえこの山を去ると、俺《おれ》たちにも気をつけるよう忠告《ちゅうこく》してくれたのだ」

そう言うと、急いで山を下りはじめた。カタクリの薄紫《うすむらさき》の花がばらばらと山道に散らばった。

ゴンザの顔は引きしまり、口は一文字に結ばれたきりだ。

「……ゴンザ。これはどういうことじゃ？　ゴンザは狼と話したということか？　敵とは、炎《ほのお》の蛇《へび》とはなんのことか？」

「しっ！　黙《だま》れ！」

私《わたし》はいきなり口をふさがれて、大きな木のかげに身をふせさせられた。

「なにをするのじゃ！　この無礼……」

ゴンザが口に人さし指をあてて、右手奥《おく》を目で示《しめ》した。私もそっちのほうに目だけ動かすと、遠くの茂《しげ》みの中になにやらチラチラと赤い色が揺《ゆ》れ動《うご》いている。

……えっ？　この山の中に赤いもの？　こんなところに人がいる？　目をこらして、なおも見つめていると、それは赤地に白く家紋《かもん》を染《そ》めぬいた小ぶりな旗指物《はたさしもの》だった。

旗指物？　しかも、あれは萩生の紋ではない……それでは敵《てき》か!?

「バカ！　頭、下げてろ！」

ふたたび頭を押《お》さえつけられたが、今度は腹《はら》もたたない。胸《むね》がドキドキして心臓《しんぞう》が喉《のど》のところではねている。かすかに人声が聞こえ、五、六人の小具足をつけた兵士があたりを探《さぐ》りながら進んでくる。

「早く大殿様《おおとの》に知らせないと、これは……始まりだ」

私はうなずいてもう一度ふり返り、ゆらめく旗指物の家紋を頭に叩《たた》きこんだ。

「それは羽田長盛の紋《もん》じゃ」

おじじ様が断《だん》じた。

「羽田の兵？　どうしてそれが、この萩生の山に？　羽田軍は今、小沢、萩生軍と小沢《おざわ》領《りょう》近くで戦《いくさ》をしているはずでは？」

おじじ様はしばらくの間、目をつぶって考えていたが、目を開くとこう言った。

「わしはこのことを恐《おそ》れていたのだ。その兵どもは羽田の*斥候《せっこう》であろう。領主が留守《るす》の間に、街道《かいどう》の雪解《ゆきど》けを待って萩生に攻《せ》めこむつもりじゃ。羽田長盛は今や、軍を二手に分けられるほど強大な勢力《せいりょく》を持っているということだ。息子《むすこ》どもの戦いも苦しいものになることだろう。そして、わしらもじゃ」

「羽田が萩生に攻めこむのですか？　おじじ様、そんなことになったら城《しろ》はひとたまりもありません。戦える兵はみんな出ていってしまっているんですもの！」

そこへ、南の砦《とりで》からの早馬が飛んできた。

「大変でございます。今朝がた南《みなみ》ノ沢《さわ》の集落が羽田長盛の軍に襲《おそ》われ、焼《や》き討《う》ちにあいましてございます。集落の住民は女、子どもの区別なく……みな……」

南ノ沢というのは竜《りゅう》ヶ《が》岳《たけ》のふもと、萩生領のはずれにあり、南の砦はそれよりもすこし手前の小さな*出城《でじろ》である。

羽田軍が萩生に侵攻《しんこう》してきた。すでに領内《りょうない》が襲撃《しゅうげき》された。

萩生城内《じょうない》は騒然《そうぜん》となった。羽田軍がこの城《しろ》めがけて進軍してくる。

「我《われ》らには、百人たらずの城兵しかおらぬ。城の守りを固め、城内の蓄《たくわ》えを確認《かくにん》せよ。早馬を出し、戦地のお館に援軍《えんぐん》をよこすように知らせよ。領民にも布令《ふれ》を出すのじゃ！」

歴戦の勇将《ゆうしょう》であったおじじ様は、冷静にてきぱきと指示《しじ》を与《あた》える。

やがて、領民たちが続々と城に避難《ひなん》してきた。ほとんどが留守《るす》を守る老人や女、子どもで、城の中庭はすぐにいっぱいになった。城の留守をあずかる奥方《おくがた》様はこれを見て怒《おこ》りだした。

「領民どもを城に入れてはならぬ！　城に蓄えた食糧《しょくりょう》などはたかが知れておる。あれら全部を養うことなどできぬ。追いだせ！」

城兵は領民を押《お》しだそうとする。しかし、領民たちもなんとか城に入りこもうと次々押しよせたので、城門は大混乱《だいこんらん》となった。奥方様は縁先《えんさき》に立ちはだかって、叫《さけ》んだ。

「なにをしておる！　早《はよ》う門を閉《し》めよ！　後から後からきりもなく来る者を入れることはならぬぞ！」

老人や子どもが非情《ひじょう》に押《お》し倒《たお》され蹴転《けころ》がされるのを見かねて、私《わたし》はタヨが止めるのも

＊斥候《せっこう》——偵察《ていさつ》や敵《てき》の警戒《けいかい》をする部隊　＊出城《でじろ》——要地に設《もう》けた小さな城

聞かず、奥方様《おくがた》の前に飛びだしてしまった。

「お待ちください！　どうかみんなを城《しろ》に入れてあげて。こういうときは領民《りょうみん》を城に入れて守るのが領主のつとめだと青海の父に聞きました。少なくとも青海ではそういたします」

奥方様の眉《まゆ》がキリリとつりあがった。

「そなたはなにを申しておるのじゃ。他国者の口出し無用！　人質《ひとじち》のぶんざいで生意気を申すこと、許《ゆる》さぬ！」

私《わたし》を突《つ》きのけると、いっそう声高に兵たちを指図して、領民を追い立てさせた。私はとっさに、そばにあった手桶《ておけ》を取ると、門を閉《し》めようとしている兵どもの背《せ》に冷たい水をビッショリと浴びせかけてやった。

「うわっ！　冷てえっ！」「なにをしやがるっ！」

兵たちが怒《おこ》ってふり向いたすきに、領民たちは雪崩《なだれ》をうって城内《じょうない》に突入《とつにゅう》し、その場は大混乱《だいこんらん》となった。

こうして奥方様が、いまいましげに「門を閉《と》ざせ！」と命じる前に、ついにすべての領民が城内に入ったのである。

最後に、戦地にいるご領主と萩生軍に城の危機《きき》を知らせる早馬が飛ばされ、大門が閉ざされた。

（八）

萩生城《はぎうじょう》は籠城《ろうじょう》に入った。何百という人であふれかえった城内の混雑《こんざつ》は、大変なものだった。城《しろ》のすべての部屋が開放《かいほう》されたが、それでも足りず、納屋《なや》にも厩《うまや》にも人を入れねば間に合わなかった。食糧《しょくりょう》も、奥方様《おくがた》が「城のコメを領民《りょうみん》に分《わ》け与《あた》えることは、ならぬ！」と言いだしたので、領民たちはそれぞれが持参したイモなどをほそぼそと食べている。しかし籠城が長引けば、それではもつまい。

私《わたし》には彼《かれ》らを城中に入れた責任《せきにん》があるので、なんとかコメ以外で放出できるものはないかと、タヨとふたり城の蔵《くら》を探《さが》した。

「タヨ、これはどうやって食べているの？」

「麦の粉でございますね。麦はそのまま炊《た》くと、やはりコメよりはまずうございますし、腹持《はらも》ちがいたしませんのであまりいただきません。粉にひいて、姫《ひめ》様のお好きなお饅頭《まんじゅう》の皮にしたり、油であげて菓子《かし》にします。カユにもしますが、やはり腹持ちがよくないので……」

私《わたし》は考えた。青海《あおみ》では時々だが、港に入ってくる朝鮮国《ちょうせんこく》や明《みん》の船を見に行った。珍《めずら》しい積み荷や、船乗りたちの身なりが風変わりなのが楽しく、大人も子どもも大勢《おおぜい》で見物したものである。

一週間ほど停泊《ていはく》するうちに、船の賄《まかな》い方《かた》が、船員たちの食事を船の外で作るのも見た。朝鮮国の船も明の船にも、麦粉の袋《ふくろ》がたくさん積まれていて、彼《かれ》らはコメも食べるが麦の粉をよく食べるようだった。その食べ方は、

「はあ、確《たし》か粉を水で練ってゆでたり、焼いたりでございましたね」

「あれ、私たちにも作れると思わない？」

私はタヨに言って、小麦粉に塩と水、少量の油を入れて練ってもらった。

「確かこれをひものように細く長くするのでしたね。どうすればよろしいのでしょう？」

「いろんなやり方があったわ。両側を持って引《ひ》っ張《ぱ》って、ねじってまた引っ張るとどんどん本数がふえて細くなっていく、まるで曲芸のようなのもあったし、塊《かたまり》のまま肩《かた》にのっけて包丁で薄《うす》く削《そ》いで、湯の入った鍋《なべ》にさっと飛ばして入れるのもあったわ」

「タヨにはそんな芸当はできませんよ」

そこで私たちは、小さな塊を手でよって細長くすることにした。なんとか明国人の言っ

ていた。"ミエン（麺？）"とかいうものに近いものがたくさんできた。次にはこれをゆで

る。中庭の焚き火に鍋をかけると、なにをしているのかと領民たちが、興味深そうに見

物をはじめた。ゆであがったミエンを冷水に入れてしめる。試しに食べてみると、シコシ

コと歯ざわりがして、なんだかこれだけでもおいしい。

「まあ、これはおいしゅうございます！　ミソをからめても、ミソ汁に入れてもよろしゅ

うございますね」

タヨも感心したので、まわりの領民たちにも食べてもらった。みんな「麦がこんなうめ

えもんになるとは知らなんだ！」と、大喜びしたので、作り方を教え、作ってもらうこと

にした。ミソにクルミを砕いたものを入れてあえたものも好評だった。「ミエンはうま

い！」と大評判になった。

城中にはミエン入りのミソ汁の良い匂いが満ち、腹いっぱいに食べ、不安そうだった

人々の顔にも表情が戻り、子どもたちの笑い声も聞かれるようになった。

変わったおいしい料理を教えてくれた隣国の姫はたちまち人気者となり、領民たちから

「姫様」「姫様」と声をかけられるようになった。私も青海で漁師たちと一緒だったころ

のようで、うれしかった。

と、向こうの廊下から、奥方様がこっちをにらんでいるのに気づいた。

「ご覧《らん》なさいませ。他家のことで出過《です》ぎたまねをなさるからですよ。……お気をつけくださいませよ」

タヨが心配顔でささやく。確《たし》かに人質《ひとじち》なのにやり過ぎたかな、とは思ったが、結局は萩生のためである。

「しょうがなかろう。困《こま》ってる人たちを見捨《みす》てるなど武門《ぶもん》の娘《むすめ》のするべきことではないわ。大丈夫《だいじょうぶ》。この戦《いくさ》は青海とは関係ないのだし」

ところがそうはいかなかった。

鉄製《てっせい》の大門を閉《と》ざし、その外に先をとがらせた丸太の柵《さく》をめぐらせ、逆茂木《さかもぎ》で守った城《しろ》の中では、外からの情報《じょうほう》も入ってこない。みな憶測《おくそく》で、事実無根の*流言《りゅうげん》も横行した。

「羽田《はだ》軍は一万を超《こ》す軍勢《ぐんぜい》だそうな」

「すでに本隊は南の砦《とりで》までせまっているそうじゃ」

そのうち、こともあろうにこんなことまでが、ささやかれはじめた。

「青海がこの戦に関《かか》わっているらしい」

青海との国境《くにざかい》で、甲冑《かっちゅう》をつけた青海兵を見た者があったのだ。

「青海は羽田と組んで萩生をはさみ撃《う》ちにする気なのじゃ」

*流言《りゅうげん》――根拠《こんきょ》のないうわさ

「なんと!? それでは青海は萩生を裏切《うらぎ》ったと!?」

うわさはうわさを呼《よ》び、疑心暗鬼《ぎしんあんき》のうちにふくらみ、真実味をおびて城内《じょうない》を駆《か》けめぐった。人質《ひとじち》としての私《わたし》の身は、がぜん微妙《びみょう》なものとなった。


しかも、もっと不運なことは、間もなく戦地から早馬が届《とど》けた知らせだった。羽田軍との戦いで弟どのが討《う》ち死《じ》にしたというのだ。しかもご領主《りょうしゅ》までもが深手を負い、回復《かいふく》の見こみが薄《うす》いという。萩生軍が戦地から引きあげてきて城《しろ》を救ってくれるという城衆《じょうしゅう》の期待は、あえなく消えてしまったのである。

奥方様《おくがたさま》は顔色を失って居間《いま》に籠《こ》もってしまわれ、城中には重苦しい空気だけが漂《ただよ》うようになった。私はおじじ様の庵《いおり》を、弟どのの悔《く》やみを述《の》べに訪《たず》ねた。

「こんなことになるのではないかと案じておったのだ。功をあせったあまりであろう。哀《あわ》れなやつじゃ。自分ばかりか兄も危《あや》ういというのに、この国の守りもせずに……」

おじじ様は仏壇《ぶつだん》に向かって、ご先祖《せんぞ》にわび、香《こう》を供《そな》えた。なんといっても実のご子息のことなので、私も言葉がなかった。

「これからどうなるのでしょうか。萩生は……」

「どうもこうもないわ。城兵は百人足らずじゃが、城に籠もって戦うことになろうかの。

やむをえぬ、こうして隠居《いんきょ》となって、二度と戦《いくさ》には出まいと思っていたが……。こうなっては、この年寄《としよ》りが出張《でば》るしかあるまい」

「おじじ様。そうなったら私《わたし》も一緒《いっしょ》に戦います！」

おじじ様はさびしそうに微笑《ほほえ》んだ。

「姫《ひめ》どのはこの萩生の者ではない。危《あぶ》なくなる前に青海に帰してあげよう」

そのとき、ガラリと障子《しょうじ》が引き開けられ、どやどやと数人の侍《さむらい》が土足で踏《ふ》みこんできた。

「青海八姫《はちひめ》どの。奥方《おくがた》様がご用じゃ。同行願いたい」

具足をつけ、もののしいいでたちの数名が私を取り囲んだ。私はあまりに急なりゆきに、どう反応《はんのう》していいかもわからなかった。

「なにごとじゃ。奥方が姫どのに何用あっての無礼か？」

おじじ様が険《けわ》しい顔で制《せい》しながら言う。

「この者の部屋から、青海にあてた密書《みっしょ》が見つかったのです。八姫どのは青海の間者《かんじゃ》に相《そう》違《い》ありません」

私の肩《かた》にがっしりと、侍の手がかかった。

「そんなの、うそだわ！　私《わたし》は間者《かんじゃ》などではありません！」

私は、奥方様《おくがたさま》の前に引《ひ》き据《す》えられていた。

「それではこの文《ふみ》はなんじゃ？　萩生の出陣《しゅつじん》の内容《ないよう》など、くわしく書いてあるではないか。これを青海の父親あてに送ろうとしたのではないのか」

奥方様は氷のような視線《しせん》をあててきた。

「それは……、そんなもの、ただの文です！」

萩生に来てから、私は時々実家にあてて手紙を書いてきた。近況報告《きんきょうほうこく》のごくふつうのものだった。しかし、城《しろ》が閉《と》ざされてからは自然に出しそびれ、自室の物入れに放りこんだままだったのだ。

目の前に乱暴《らんぼう》に開封《かいふう》された数通の文と、赤く塗《ぬ》られた木片《もくへん》が散らばっている。私は、あっと手をのばして木片を拾い集めた。それは青海の母上が、私をすこしでも娘《むすめ》らしく、と贈《おく》ってくださったあの赤い手箱の破片《はへん》だった。きっと証拠探《しょうこさが》しで部屋をあらためたときに、侍《さむらい》どもが踏《ふ》みつけでもしたのだろう。

母上のお心づくしになんというひどいことを……。しかも、その上間者などと……。猛《もう》烈《れつ》と腹《はら》がたった。

「疑《うたが》うのもいいかげんにしてください。青海の父にも、そのような企《くわだ》てはないと存《ぞん》じます。私《わたし》はこれまでも、お城《しろ》の一員として心をつくしてきたつもりでございます。そのようなことをおっしゃると、今に本当に青海までも敵《てき》にしてしまうことになりかねぬかと思います」

奥方様《おくがたさま》の顔色がすうっと青ざめ、額《ひたい》にピッと青筋《あおすじ》が浮《う》きだした。最後のほうはよけいだったかな？　と思ったが、もう遅《おそ》い。

「そなたの企《たくら》みは明白じゃ。小娘《こむすめ》が生意気を申したのが身の破滅《はめつ》じゃな。証拠《しょうこ》があがったら真っ先に首をはねて国に送《おく》り届《とど》けてやるから、そう思え！」

私はタヨからも引《ひ》き離《はな》されて、牢屋《ろうや》に閉《と》じこめられてしまった。

「姫《ひめ》様！　なんということでしょう！　姫様のご気性《きしょう》を思えばこうなるのではと、タヨは案じておりました」

「しょうがなかろう、本当に頭にきたんだから！　私が人質《ひとじち》であろうとなかろうと、青海の父上は、盟約《めいやく》を破《やぶ》るようなお人ではない。城の人たちがどうかしているのよ！」

私は牢に入れられてもまだ怒《いか》りがおさまらなかった。

「……姫様、ご心配なさいますな。このことはタヨがきっと青海のお館《やかた》様にお知らせして、姫様をお助けします。どうか気を確《たし》かにお持ちくださいね」

タヨもそこまで言うのがやっとで、あとは番兵に追《お》い払《はら》われ、引きずられるように出されてしまった。でも、青海に知らせるといっても、この厳重《げんじゅう》に閉《と》ざされた城《しろ》からどうやってできるというのだろう。しかも、タヨのようなごくふつうのおばさんが……？

ひとりになるとさすがに心細くなった。牢《ろう》は畳敷《たたみじ》きだったが寒く、頑丈《がんじょう》そうな格子《こうし》の向こうには、槍《やり》を持った番兵がふたりもこちらをにらんでいる。小さな明かりも灯《とも》されているが、牢内にはなく、夜ともなれば真《ま》っ暗闇《くらやみ》である。

大兄上《おおあにうえ》が、人質《ひとじち》はいざとなったら自ら死なねばならない、と自害の作法までも教えてくれた。兄上たち男子の教育の中には、当然切腹《せっぷく》の作法だってあるのだ。私《わたし》だって武門《ぶもん》の娘《むすめ》と生まれたからには、いついかなるときでも死ぬ覚悟《かくご》はある。でもこんなところで、それをこんな無実の罪《つみ》でなんて絶対《ぜったい》に、嫌《いや》だ。口惜《くちお》しすぎる。

というより、私が死ねば青海と萩生は敵同士《てきどうし》として、ふたたび戦わなければならなくなるだろう。それは絶対にまずい、どうしたらよいのか。

頭をかきむしって考えこんでいると、外の薄暗《うすくら》がりから格子を抜《ぬ》けて、するりと小さな影《かげ》が牢内に滑《すべ》りこんだ。なんだろう……、動物？　ネズミ？　キツネか？　確《たし》かめる間もなく、影は奥《おく》の闇に溶《と》けこんで見えなくなった。どこにひそんだのかと、気味が悪くなって暗闇《くらやみ》に目をこらしていると、不意に耳元で「姫《ひめ》どの」という声が聞こえて、私《わたし》はひゃっと飛びあがってしまった。

「……ゴンザ!? どうしてこんなところに？」

目の前にゴンザが座《すわ》っていた。例によって無表情《むひょうじょう》だったが、口に人差し指をあてて、私を制《せい》した。声は聞こえなかったが、不思議にも言葉はわかった。

「助けに来た。大殿様《おおとの》が、姫どのを牢《ろう》から出して連れてこいと言われた」

「えっ、おじじ様が？ でも、ゴンザそなた、どうやってここに入ったの？ だって……」

また、口に指をあてて私を黙《だま》らせ、その指で格子《こうし》の向こうを差した。

見ると、いつの間にか番兵は居眠《いねむ》りをしているようで、立ちながら舟《ふね》をこいでいる。ゴンザは格子ごしに器用に手をまわし、牢の錠前《じょうまえ》に軽く触《ふ》れた。すると、カギの音がして、ポトリと錠前が地面に落ちた。

「ゴンザ！ すごい！ そなたはやはり忍《しの》びの者なのじゃな。あの番兵たちも、そなたが眠り薬でもかがせたのか？ 忍びの者とはまったく、たいしたものじゃな！」

ゴンザはこうるさげに顔をしかめると、答えもせずに牢の戸を開けた。

「大殿様が待ってる。急ごう」

手を引かれて外へ出た。牢屋《ろうや》を抜《ぬ》け、警備《けいび》の城兵《じょうへい》のたむろする篝火《かがりび》を避《さ》けて、真《ま》っ暗《くら》闇《やみ》の中を走った。ゴンザは闇の中でも迷《まよ》うことなく進んでいく。ふと見ると、ゴンザの眼《め》が、けだもののように光っている。なんだか背《せ》すじがぞくっとした。これまではゴンザは忍《しの》びの者なのだと思いこんできたが、違《ちが》うのではないか。それでは本当は何者なんだろう。ゴンザは……人間ではないのか？　ふたたびゴンザへの疑問《ぎもん》が私《わたし》の心を占《し》めていた。

闇の中をどう走ったのか、ようやく足が止まると、おじじ様が抱《だ》くようにして私を庵《いおり》の中に迎《むか》え入《い》れてくれた。

「すまなんだのう、姫《ひめ》どの。さぞかしつらかったであろう。青海が萩生を裏切《うらぎ》るはずがない。奥方《おくがた》も城《しろ》の者も追いつめられて疑心暗鬼《ぎしんあんき》になっておるのじゃ。罪《つみ》もない姫には申しわけないことであった。許《ゆる》せよ」

おじじ様は私を火鉢《ひばち》のそばに座《すわ》らせ、あたたかいくず湯を手に持たせて、頭を下げた。

「いいえ、ゴンザが助けてくれたし、城の人たちの気持ちもわかります。疑《うたが》いが晴れればそれでいいのです」

「そなたは良き姫じゃ。わしはそなたをなんとしても青海の父上のもとに帰さねばならぬ。青海に帰るのじゃ。萩生のことは心配するでない」

「いいえ、おじじ様。それなら私《わたし》は青海に戻《もど》り、萩生への援軍《えんぐん》を送るように父に頼《たの》みます」

「姫《ひめ》どの！」

おじじ様は驚《おどろ》いて、しかし首をふりながら言った。

「いやいや、気持ちはかたじけないが、それはならぬ。息子《むすこ》どもが青海に人質《ひとじち》を要求するのさえ、わしは反対であった。ましてやそれを幽閉《ゆうへい》し、殺すとおどした。それだけで青海は萩生を許《ゆる》さぬ。まして援軍など要請《ようせい》することなどできぬ」

「おじじ様、私は牢内《ろうない》で考えたのです。街道《かいどう》を守る萩生が羽田に敗れたら、次は青海の番です。街道の守りである萩生の危機《きき》は、すなわち青海の危機なのです。父ならきっとそう考え、援軍を送るはずです。おじじ様、どうか援軍を要請する文《ふみ》をお書きください。私がそれを青海に届《とど》けます。私はおじじ様のために、萩生のために、今自分ができることならなんでもいたします」

おじじ様はじっと私を見つめると、座《すわ》りなおし深々と私に頭を下げた。

「姫どのの申し出、まことにありがたい。この萩生忠久《ただひさ》、八姫どのに頼む。父上に文を届けてくだされよ」

「はい、確《たし》かにお引き受けいたします！」

おじじ様は、手をのばして私《わたし》の肩《かた》を抱《だ》き、「うむ」と微笑《ほほえ》んだ。


それからおじじ様は、青海の父上への書状《しょじょう》をしたためはじめた。かたわらで用意してもらった旅装《りょそう》に身を固めながら、私は気になっていたことを思いきってたずねた。

「おじじ様。……ゴンザのことを聞かせてくださいますか？　……ゴンザは、もしや忍《しの》びの者でございましょうか？」

おじじ様の手が止まった。ゆっくりと私のほうへ向きなおり、おだやかな声で申された。

「ほう。おもしろきことを申すものじゃ。姫《ひめ》どのはなぜそう思われるのかな？」

自分でも、こんな緊急《きんきゅう》のときにこんな妙《みょう》なことを言いだすのもどうかと思ったが、この後にはだれにも聞けないことだった。

「それは、そのう……。ゴンザと一緒《いっしょ》にいると、とても不思議なことが起こるのです。ゴンザといると、急に春がきて花が咲《さ》いたり、狼《おおかみ》が礼をしたりするのです。さっきはカギもないのに牢《ろう》の錠前《じょうまえ》を開けました。私、ゴンザがただの人とは思えなくて……」

おじじ様は笑顔で私の話を聞いていたが、だんだんとその笑みが深くなっていった。そうして、こう言った。

「姫《ひめ》どの。それはまことのことよ。権三郎《ごんざぶろう》は人ではない。……あれは、キツネなのじゃ」

「……!?」

（九）

それから聞かされた話は実に奇妙《きみょう》なものだった。

「わしはのう、家督《かとく》を今の領主《りょうしゅ》に譲《ゆず》って以来、ずっとこの庵《いおり》でひとり暮《く》らしてきた」

おじじ様は語りはじめた。

「もはや醜《みにく》い戦《いくさ》とは縁《えん》を切って、ここで静かに好きな学問だけをしていたかったのじゃ。それで毎日毎日本を読み、ひたすら書を書いて過《す》ごしておった。

ところがある朝、わしがいつものように仏壇《ぶつだん》に経《きょう》をあげていると、開け放ってあった縁側から、ひょっこりと一匹《ぴき》のキツネが顔を出したのじゃ。おやおや、と思いながらそのまま黙《だま》って見ていると、キツネはすたすたと歩いて入ってきて、行儀《ぎょうぎ》よく仏間の隅《すみ》にちょこんと座《すわ》りこんだ。そうして、わしがあげる経をおとなしく聞いているではないか。経を読み終えると、それをしおに、そやつは帰っていった。

わしは驚《おどろ》いたが、おもしろくも思った。

それからというもの、そのキツネは、孤独《こどく》な老人をなぐさめるかのように、毎日ここへやってきては経《きょう》を聞き、わしが書見をしているそばに来るようになった。わしもおもしろくなって、書を声に出してキツネに読み聞かせるようにしてやった。するとキツネのほうもまじめな顔で聞いている。わしはもう、そのキツネがすっかりかわいくなっての。ある日、声をかけてみたのじゃ。

『キツネよ。そちは人間の学問を知りたいのだな？　しかし、人間のことは人間にならねばわかりはせぬぞよ』

そこまで言って、わしは我《われ》ながら思うてもみなんだことを口にした。

『キツネよ。まことは、そちは人になれるのではないのか？』

するとどうじゃ。キツネはそのまま立ちあがり、ぐるりと一回転すると、そこにはまこと人間の……そうじゃ、あの権三郎《ごんざぶろう》めがおったのじゃ」

私《わたし》は声も出なかった。ゴンザが実は忍《しの》びどころか、人間でもなく、キツネ……!?

私だって内心、ゴンザがただ者ではないかも、とは思っていたが、実際《じっさい》にそんなことがあろうか。……そんなおとぎ話みたいなこと。

「姫《ひめ》どのが驚《おどろ》くのも無理はない。信じられぬのも、もっともなことじゃ。しかし、まことそうであったのだから仕方がない」

おじじ様は、いたってまじめな顔で続けた。

「それからわしは、あやつに名を与《あた》え、出かけた先で偶然《ぐうぜん》に拾った宿なし小僧《こぞう》として、下男の仕事をさせることにした。権三郎はよほど人になりたかったのであろう。二度と野に帰ることはなかった。

わしはあやつになんでも教えてやった。行儀《ぎょうぎ》作法も読み書きも、ゴンザは聡《さと》い子でなんでもすぐに覚えた。しかもやさしく、ガラこそ悪いが素直《すなお》な性質《せいしつ》を持っていて、わしは権三郎がすっかり気に入った。いや、好きになった。実の息子《むすこ》たちがあのようであったから、なおさらにそう思うたのかもしれぬ。

知恵《ちえ》も慈《いつく》しむ心も、あれは人以上だ。もしも権三郎がけものでなければ、本当の人間でわが子であったなら、わしはゴンザをわが世継《よつ》ぎとしたかった、と思う……」

おじじ様の声はしみじみとしてやさしく、私《わたし》の心まであたたかくなるようだった。人とけものの枠《わく》を超《こ》えた愛がそこにあった。私は涙《なみだ》が出そうなくらい心を打たれた。

「おじじ様。世にも不思議なお話をうかがいましたが、私は信じます。そうかがえば、なにもかもが納得《なっとく》できます。でも、私、……やっぱり、ゴンザは好きです。人だろうとキツネだろうと、それは変わらない。私《わたし》はゴンザが大好きです！」

おじじ様はにっこりと笑い、私に向かって深く頭を下げた。

「ありがとう、姫《ひめ》どのならばそう言ってくれると思うておったぞ」

そのとき、外からゴンザの気配がした。

「入れ。今、青海《あおみ》への文《ふみ》をしたためた。そなたはこの書状《しょじょう》と姫どのを無事青海までお届《とど》けいたせ」

おじじ様の言葉にうなずいて、かしこまっているゴンザを横からつくづくとながめた。キツネと聞かされても、やっぱりゴンザはゴンザで、ふつうに人間としか見えない。

「気をつけて行くのじゃぞ。敵《てき》はすでに竜《りゅう》ヶ《が》岳《たけ》の向こうにせまっておる。山中にも斥候《せっこう》を放っていることであろう。姫どのにはそちのことはすべて話したゆえ心配するな。姫どのを守るのじゃ。頼《たの》んだぞ」

ゴンザは、すこし傷《きず》ついたような顔をして、チラリと私をにらんだ。

「わかった。なるべく早く送り届けたら、俺《おれ》はすぐにここに戻《もど》る」

ゴンザはおじじ様を気づかうように言った。おじじ様は一瞬《いっしゅん》目を閉《と》じ、せき払《ばら》いをして明かりのほうへ目をそらせた。

「それにはおよばぬ、権三郎よ。そなたが戻っても、わしはもうここにはおらぬ。わしは残る手勢《てぜい》を率《ひき》いて、南の砦《とりで》に出張《でば》るつもりじゃ。かなわぬまでも、そこに陣取《じんど》って敵《てき》を足止めする覚悟《かくご》なのじゃ」

ゴンザの顔色が変わった。

「大殿様《おおとの》！　……それはだめだ！　お城《しろ》の将兵《しょうへい》はわずか百人足らず、おそらく敵は千人を超《こ》える軍勢《ぐんぜい》だ。かなうわけがない」

「いやいや、萩生《はぎう》には伝説の龍神様《りゅうじん》がおられる。あるいはお助けくださるかもしれぬ」

おじじ様は微笑《ほほえ》んでいたが、腕組《うでぐ》みをし、上をあおいでため息をつくと、こう続けた。

「……そうさな。たいして時間はたもたぬであろう。わしらは砦を枕《まくら》に討《う》ち死《じ》にするであろうな。しかし、青海の兵が間に合えば城だけは救われよう。城にいる領民《りょうみん》たちも。それゆえ急ぐのじゃ、青海へな。そして役目が終わったら、そなたは野に帰るのじゃ。もう二度と里に来てはならぬ。……権三郎よ。人間とは……醜《みにく》きものじゃ。互《たが》いに殺し合うしか能《のう》のない、哀《あわ》れな生き物じゃ。もうそなたにもわかったであろう。もはや人になどなろうと思うな。……野に生きよ」

そう言うおじじ様の目には、涙《なみだ》が光っていた。

そして、ゴンザの瞳《ひとみ》にも同じ光が宿り、それがあふれて頰《ほお》を流れ落ちているのだった。

あのゴンザが泣いている。それほどにゴンザはおじじ様を愛し、慕《した》っていたのだ。

ゴンザはやっぱり人だ。だって、けだものはあんなふうに泣いたりしない。見ている私《わたし》まで、やっぱり泣いてしまった。

私たちは暗いうちに出発した。

おじじ様の文《ふみ》は細く折りたたみ、着物の襟《えり》に縫《ぬ》いこんだ。決して奪《うば》われてはならぬ密書《みっしょ》であった。

人に見とがめられぬように、城下《じょうか》を避《さ》け、城《しろ》の裏手《うらて》から山づたいに青海を目指す。月明かりですこしは見通せるものの、山道はぬかるんで足をとられてしまう。ゴンザに助けられながら。すこし進んだところで城をふり返った。篝火《かがりび》の他は黒い影《かげ》となった萩生の城が、身を固くして息をこらしているように見えた。脱走《だっそう》した青海の人質《ひとじち》を追う様子も見られなかったので、ひと安心したが、タヨはどうしたかしら。

私が牢《ろう》から逃《に》げたと知れたら、今度はタヨが咎《とが》めを受けるんじゃないだろうか。でもタヨは使用人で青海家の者ではないから、それほどひどい目にはあわないかもしれない。とにかく無事を祈《いの》るしかない。

そう思い、また歩きだそうとしたときだった。

「おい！　待て！」

ぎょっとしてふり向くと、そこにいたのはあのド近眼《きんがん》少年、小兵太《こへいた》どのだった。

「おまえたち。城《しろ》を抜《ぬ》けだして青海へ逃《に》げるつもりだな。知れたらたちまち首がとぶぞ」

小兵太どのは腕組《うでぐ》みをして前に立ちはだかっている。

「な、なによ。邪魔《じゃま》をする気？」

私《わたし》が気色《けしき》ばむと、小兵太どのは細い目をさらにすがめ、小声でぼそぼそと言った。

「ち、違《ちが》う。俺《おれ》が……おまえを青海まで送ってやる。そこの*兵法の心得もない下男では心もとない」

あまりにも意外な言葉だった。

「小兵太どの！　本当に？　では、我《われ》らを見逃《みのが》してくれると申すのか？」

「見逃すのではない。俺だっておまえが間者《かんじゃ》だなんて思わない。城の大人たちは不安でどうかしているのだ。それに俺はおまえの首が落ちるところなんて、見たくはないからな！」

「小兵太どの、ありがとう」

「それでおまえがゴンザと牢《ろう》を抜け、大殿《おおとの》様のところに逃げこんだのを見て、こんなこともあろうかとここで張《は》っていたのだ」

なるほど、小兵太どのは私《わたし》たちと同じような旅装束《たびしょうぞく》に身を固め、この真っ暗な山道を、手探《てさぐ》りで登ってきたのだろう。すでに全身泥《どろ》まみれである。

「小兵太どの、お気持ちはありがたいけど、でも……」

こちらは遠慮《えんりょ》したいので、遠まわしに断《ことわ》るのだが、相手はまったく聞こうとせず大いばりで、「では、行くぞ！」と、先にたってどんどん歩きはじめる。

「待って！　小兵太どの、私たち山越《やまご》えで行くのよ。山の中ではゴンザに従《したが》わぬと！」

「なんだと？　武士《ぶし》たる俺《おれ》に下男ごときの指図に従え、だと？」

ゴンザをにらみつける。

「まあ、山の中のことに一番くわしいのは俺だから。……現《げん》に小兵太どの、そのまま足を出すと……」

「なにを！　小生意気な、思い知らせてくれる……うわっ!?」

こぶしをふりあげ、ゴンザに突進《とっしん》していった小兵太どのの姿《すがた》が、いきなり、ふっと消えた。

「小兵太どの!?　小兵太どの……！　どこに？」

笹《ささ》ヤブのはるか下からわめき声が聞こえる。かきわけてのぞきこむと、小兵太どのがヤブに隠《かく》れていた窪地《くぼち》に落っこちているのだった。

＊兵法——軍隊の運用・戦略《せんりゃく》に関する方法

「今、それを言おうとしてたところだったのに」

引《ひ》っ張《ば》りあげてもらいながら、小兵太どのはバツが悪そうに「早くしろ、このグズ！」とか、ゴンザを怒鳴《どな》っている。

こういうことになると思った、と早くもうんざりした。

「いいかげんにせぬか、小兵太どの。ゴンザに従《したが》えぬなら、そなたは城《しろ》に帰ればいい。そして、私《わたし》のことを告げ口でもなんでもしたら？」

「なんだと？　おまえ、俺《おれ》をそんなふうに？　……バカにするな！」

私と小兵太どのはにらみ合った。そのとき、ゴンザが私の袖《そで》を強く引いた。ハッとして指さすほうを見ると、暗い山の中を光が帯となって、うねうねと連なり動いている。

それは隊列を組んだ敵兵《てきへい》が、山すその街道《かいどう》を松明《たいまつ》をかかげ、夜の闇《やみ》をついて行軍してくる姿《すがた》だった。私たちはその場に凍《こお》りついた。

「……敵《てき》よ！　羽田《はだ》の軍が向かってくるんだわ！　もうあんな近くまで来ているなんて！」

それはまるで長大な光る蛇《へび》が身をくねらせて進んでくるようであり、私たちには何千という数にも見えた。膨大《ぼうだい》な敵がわずか百人の萩生城《はぎうじょう》を攻《せ》めにやってこようとしている。

私《わたし》は思わずうめいた。

「ゴンザ、狼《おおかみ》が言っていたのはこれか？　本当にまるであれは蛇《へび》のようだ！　炎《ほのお》の蛇が、萩生を滅《ほろ》ぼそうとやってきたのよ！」

ゴンザが無言でうなずいた。その顔は引きしまり、青ざめている。

このままだと青海の援軍《えんぐん》どころか、おじじ様たちが砦《とりで》に行きつくか行きつかないうちに、戦闘《せんとう》が始まってしまうかもしれない。私は小兵太どのに聞こえないように小声で言った。

「ゴンザ、なんとかならぬのか？　そなたの……えーと、力で。だって人間に化けられるくらいだもの、なにかあるのでは？　ほら、なんというか、魔法《まほう》？　幻術《げんじゅつ》……とか？」

ゴンザはチッという顔で私をにらみながら、すこしの間考えていた。

「……じゃあ、おまえ、ちょっとあっち向け。この姿《すがた》だとろくな術は使えないから。それに、小兵太どのもいるから」

「小兵太どのなら大事ない。なにしろすごい近眼《きんがん》だもの。ゴンザが目の前で姿を変えたってわかりはせぬ」

「おまえにも見られたくないんだ」

「わかったって。見ないから、早く」

「たいしたこと、期待すんなよな。俺《おれ》なんかただのキツネで、龍伝説《りゅうでんせつ》みたいなことはできないからな」

そう言うと、たちまちふっとゴンザの姿《すがた》が消えた。あわてて下のほうを見ると、暗がりに一匹《びき》のキツネがいて、三白眼《さんぱくがん》でこっちをにらんでいた。はあー、本当なんだ。

《見てんじゃねえっ》

ゴンザの声が、頭の中でさく裂《れつ》した。キツネが毛を逆立《さかだ》てて、怒《おこ》っているのがわかった。

「やっ！　ゴンザのやつ、どこへ行った？　さては逃《に》げたか？」

小兵太どのには、案の定見えなかったようで、目をすがめてあたりを探《さぐ》っている。

と、手前の山の端《は》に、いきなりぱっと大きな篝火《かがりび》が灯《とも》った。間をおかず、篝火は、ずんずん数を増《ま》していく。まるで何千もの兵士が松明《たいまつ》をかざしているようだ。小兵太どのが驚《おどろ》いて叫《さけ》んだ。

「ややっ！　あんなところにお味方の兵が!?　いつの間に、あんなに!?」

しかも、うおおーっ、うおおーっと、*どよもすような鬨《とき》の声《こえ》さえ聞こえてきた。

何千という軍勢《ぐんぜい》が、敵《てき》を迎《むか》え撃《う》とうと待ちかまえているような喊声《かんせい》だった。

……これがゴンザの術《じゅつ》、というものか！　すごい！　こんなことができるとは、ゴンザはよほど力ある妖狐《ようこ》なのだろう。現実《げんじつ》に見る魔法《まほう》に私《わたし》はうっとりとした。

わーっ、わーっという幻《まぼろし》の喊声《かんせい》に呼応《こおう》して、篝火《かがりび》もまた大きく揺《ゆ》れる。向こうの山の敵方《てきがた》からもこれは見えたらしく、大蛇《だいじゃ》の動きがピタリと止まった。

ドキドキして見守るうちに、ややあって敵はジリジリと後退《こうたい》するようだった。おそらく明るくなるのを待って調べなおし、作戦を練るつもりなのだろう。敵の後退を見届《みとど》けるように、鬨《とき》の声《こえ》も篝火も消えていった。やがて、ゴンザがガサガサとヤブをかきわけて出てきた。

「みごとじゃ！　ゴンザ。これですこし時間がかせげた。おじじ様たちも砦《とりで》に入れる」

私は飛びついていったが、ゴンザはなぜかむっつりと、怒《おこ》ったような顔をしてうなずいただけだった。小兵太どのも寄《よ》ってきて、興奮《こうふん》した口ぶりで言った。

「ゴンザ！　なにをしてたんだ、おまえは？　まったく、この大変なときに。おまえ、あの篝火を見なかったのか？　あの鬨の声を聞かなかったのか？」

「いいや、俺《おれ》は全然。……篝火、ねえ。姫《ひめ》どのは見たのか？」

私は吹《ふ》きだしそうだったが、大急ぎでまじめな顔を作った。

「いいえ、なんにも」

「そんなはずはない！　あの鬨の声だって！」

＊どよもす——どよめくようにする

「はてねえ。小兵太どのはおおかた『*キツネの嫁入《よめい》り』でも見たんじゃないのか？　まあ、山では時々あることだ。それに鬨《とき》の声《こえ》とかは……風が枝《えだ》を鳴らす音がそう聞こえたのさ。それより先を急ごう」

ゴンザはさっさと歩きはじめた。

「『キツネの嫁入り』？　そんなバカな。俺《おれ》は確《たし》かに……いや、俺の近眼《きんがん》が進んだのか？　それに耳まで？」

何度も首をかしげてブツブツ言いながら、それでも小兵太どのは後をついてきた。気の毒だったが、本当のことを言うわけにもいかなかった。

＊キツネの嫁入《よめい》り――キツネ火が多く並《なら》んで見えること

（十）

私《わたし》たちはさらに山奥《やまおく》へと分け入っていった。いったんは退《ひ》いた羽田《はだ》軍だが、多くの斥候《せっこう》を山中に放っていることが予想される。それで私たちは山道からもはずれ、遠まわりではあるが、けもの道を辿《たど》ることにしたのだった。一刻《いっこく》も早く、と気があせる。

「街道《かいどう》を使えば、萩生《はぎう》から青海《あおみ》まではほぼ一日の距離《きょり》だ。曲がりくねったけもの道では一昼夜歩き通さねばならないが、それでも敵《てき》に捕《つか》まる危険《きけん》だけは避《さ》けなければ」

ゴンザの言葉に、私も小兵太《こへいた》どのも「心得た」と答えるしかなかった。

確《たし》かにけもの道だけあって、人間が辿るのは大変だった。ゴンザはそんな道でもすいすいと進んでいくが、夜が明けて足元が見えるようになっても、近眼《きんがん》の小兵太どのは、けつまずいたり転んだりの連続。私も低く垂《た》れさがった木の枝《えだ》に頭をぶつけ、斜面《しゃめん》ではよく滑《すべ》り落《お》ちた。*三尺《じゃく》ほどの低い崖《がけ》をよじ登り、石の狭間《はざま》をすりぬけ這《は》うようにして、まさにけもののように進んだ。山は死のような冬から、命のよみがえりを告げる春のさざめきに包まれようとしている。木々の赤い芽がふくらみ、ヤブは瑞々《みずみず》しい緑をまといはじめてい

*三尺《じゃく》——約九十センチメートル

た。しかし、私《わたし》たちはそれらに目もくれる余裕《よゆう》もなかった。

陽《ひ》が高くなる前に持参した兵糧《ひょうろう》でお腹《なか》を満たし、休憩《きゅうけい》をとった。それでも日暮《ひぐ》れ近くになると、私はもうへとへとで息をきらせ、マメだらけになった足が痛《いた》んで、前に進むのもつらくなった。


森の途切《とぎ》れの向こうに民家の屋根を発見したのは、そのころだった。

山あいの小さな集落なのか、丘《おか》にはまだ耕作前《こうさくまえ》の段々畑《だんだんばたけ》も見てとれる。

「あそこに行って、すこしの間休まぬか。住民はきっと城《しろ》に避難《ひなん》してだれもいないだろうが、屋根の下で休んで、後は夜通し歩けばよい」

「そうだな。俺《おれ》も腹《はら》がすいてきたし、夜はまだ寒いだろう。斥候《せっこう》がいるんじゃ、森の中で盛大《せいだい》に焚《た》き火《び》もできないから、どこかの空き家を拝借《はいしゃく》するか」

小兵太どのも疲《つか》れているようだ。しかしゴンザは、なぜか険《けわ》しい顔つきで動こうとしない。

「俺は嫌《いや》だ。あそこは嫌な匂《にお》いがする」

そう言われると、空気の中にかすかな煙《けむり》の匂いが感じられる。でも小兵太どのがどんどん先を行くので、私もついていった。

村に入り、目当ての民家の横に出たとたん、小兵太どのが「うおっ」と、異様《いよう》な声をあげた。ものすごい臭気《しゅうき》が鼻をつき、私《わたし》はその場に釘《くぎ》づけになった。

村は無惨《むざん》に破壊《はかい》されていた。家の柱やわら屋根が、黒こげになったまま、まだくすぶっている。小兵太どのは鼻を袖《そで》でおおい、うめくように言った。

「敵《てき》の焼《や》き討《う》ちをうけたのだ。南《みなみ》ノ沢《さわ》ばかりかこんなところまで……」

家の壁《かべ》や散乱《さんらん》した農具に、矢や折れた槍《やり》が突《つ》きたち、襲撃《しゅうげき》のすさまじさを語っている。

ニワトリの羽根がおびただしく散って風に舞《ま》っているが、ニワトリの姿《すがた》はない。馬、牛も引きだされ奪《うば》われたのか、囲いには一頭の姿もない。というより、村には動くものの気配すらなく、しんと静まり返っている。初めはなにがどうなっているやら混乱《こんらん》しきっていた私の目に、草履《ぞうり》をはいた足らしきものが映《うつ》った。

……足？　なんで、足だけがあんなところに？　視線《しせん》を移《うつ》すと、その足の持ち主がすこし離《はな》れたところであおむけになって死んでいるのが見てとれた。

「……！」

そのとたん、すべてが目に飛びこんできた。あちこちに散らばる多くの死骸《しがい》。女、子ども、老人が刀で斬《き》られ、矢で射殺《いころ》されてそのまま放置されていたのだ。かばいあったままの姿《すがた》で、あるいは隠《かく》れていたその場所で、槍《やり》に貫《つらぬ》かれて。抵抗《ていこう》もできずに敵《てき》に殺された人々のおびただしい数の死体が、夕風に吹《ふ》かれているのだった。

戦国の世に生まれたものの、私《わたし》は戦場《いくさば》に行ったこともなければ、領国《りょうごく》が攻《せ》められたこともない。

だらしないが、私は生まれて初めて見る残酷《ざんこく》な戦国の現実《げんじつ》に、ただもう声を失い、ふるえが止まらず吐《は》き気《け》がして、果てしなく涙《なみだ》が出た。

小兵太どのも同様だったが、やがて意を決したように胸《むね》の前で手を合わせた。

「みな、今は葬《ほうむ》ってやることができぬ。……すまん！　だが、必ずそなたたちの仇《かたき》はとる。それまで待っていてくれ！」

いつの間にかゴンザがそばにやってきていて、呆然《ぼうぜん》としたままの私たちの手をつかんで、森のほうへと引いていった。

私たちはむっつりと押《お》し黙《だま》ったまま、山道を進んだ。

なにを言えばいいのかわからなかったし、なにも言いたくなかった。陽《ひ》が沈《しず》み、あたりが暗くなっても、だれも足を止めようとしなかった。やがて、小兵太どのがボソリとつぶやいた。

「あの村は……。あの村には幼《おさな》いころ、なにかの祭りの折、遊びに行ったことがあるのだ。美しい農村で……村の者はつつましい暮《く》らし向《む》きだったが、みなやさしく働き者で、良い村だった。……夏で、色とりどりの花が咲《さ》いていて、田の稲穂《いなほ》が青々として……平和そのものであったのだ……」

見ると小兵太どのは泣いていた。

「それがあんな……！　羽田のやつらは村の食糧《しょくりょう》を根こそぎ奪《うば》ったうえに、あんなむごいことをするとは！　羽田の兵は武士《ぶし》ではない！　人でもない、鬼《おに》じゃ！　俺《おれ》はたとえひとりでだろうと、やつらを殺して滅《ほろ》ぼしてくれる！　そうでないとあの村の者たちが浮《う》かばれぬ」

「……小兵太どの」ゴンザは小兵太どのの肩《かた》に手をかけて軽くゆすった。小兵太どのはゴンザの目を見ると、今度は声を立てて泣きだした。

ゴンザはそのまま小兵太どのを抱《だ》いていた。小兵太どのはゴンザの細い体にしがみついて、子どものように泣きじゃくっていた。

それからも私《わたし》たちは、くたびれた足を引きずって歩いた。すこしでも急がねば、とただそれだけが頭を占《し》めていた。いきなり、私《わたし》は小石につまずいてバッタリと前のめりに倒《たお》れた。

驚《おどろ》いた。私はいつの間にか、寝《ね》ながら歩いていたのだった。

「姫《ひめ》どの、無理をするな。俺《おれ》が背負《せお》ってやる」

しかし私を背負った小兵太どのの足も、かなりふらついている。

「ふたりとも今夜は、ここまでが限界《げんかい》だ。ここで野宿をしよう」

私たちはそばを流れる小川で顔と手を清め、ゴンザが竹筒《たけづつ》にくんでくれた水を飲んだ。水は冷たく、ひりついた喉《のど》が癒《いや》されるようだった。

それから、大きなモミの木の下枝《したえだ》をくぐって、中に入りこんだ。

下向きにさがった枝が人目をさえぎり、風よけになって、居心地《いごこち》が良かった。

ゴンザは幹《みき》に手をあてて、口の中でなにかつぶやいている。きっとモミの木に今夜の宿を頼《たの》んでいるのだろう。ゴンザは木の内側の枝をすこしばかり切りはらい、私たちがくつろげる場所を広げると小さな焚《た》き火《び》をおこした。私たちはすっぽりと大きな常緑樹《じょうりょくじゅ》に抱《いだ》かれて、その日一番の安心にひたった。敵《てき》に見つかってはならないので、焚き火はあきらめていたのだが、その炎《ほのお》の色はなんとも心をなごませるものだった。

持ってきた携帯食《けいたいしょく》の干《ほ》し飯《いい》をカユにして食べたが、いっこうに食欲《しょくよく》はわかなくて、途《と》中《ちゅう》でやめてしまった。

ゴンザがモミの枯れ枝《かえだ》を集めて寝床《ねどこ》を作ってくれたので、私《わたし》たちは焚《た》き火《び》を囲んで思い思いに横になった。おじじ様が持たせてくれたクマの毛皮が、あたたかくて気持ちがよかった。小兵太どのはミノの下に和紙で作られた衣《ころも》を重ねてかぶっている。これは案外あたたかいのだそうだ。ゴンザはそのままで太い幹《みき》にゆったりと半身をよせかけて座《すわ》っている。

「……戦《いくさ》など、どうしてあるのかな」

あれほど眠《ねむ》かったのに、妙《みょう》に寝《ね》つけないまま、私は口にした。

「戦のために萩生のお館《やかた》様は重い手傷《てきず》を負われたというし、弟どのは亡《な》くなられた。城《しろ》の衆《しゅう》も百姓衆《ひゃくしょうしゅう》もいつ、あの村の者のように命を失うかもわからない。今までは戦があたりまえのように思っていたけど、今はもう、私は戦などなくなればいいと思う。あんなひどいこと……！」

「それは俺《おれ》だってそう思う。しかし、この乱世《らんせ》はもう百年以上も続いているというぞ。百年といえば、俺たちのじい様のそのまたじい様のころから変わらぬわけじゃ。戦に明《あ》け暮《く》れ、戦のために生きる以外のことは、俺には考えつきもせぬわい」

小兵太どのの声もすこし湿《しめ》っている。

「……私《わたし》は青海にいたころ、兄上たちに憧《あこが》れていたの。……鎧兜《よろいかぶと》をつけて戦場《いくさば》で活躍《かつやく》するのを、男の子に生まれていたら私も手柄《てがら》をたてられると。……今は恥《は》ずかしい。そんなものではない、戦とはただの殺し合いだ。戦は憎《にく》むべきことだと思う。でも、それなのに、私は侍《さむらい》の娘《むすめ》として、敵《てき》を倒《たお》すことしか、戦で勝つことしか考えられないの」

私もやはり小兵太どのと同じなのだと思った。

「あの村の者たちの無念を晴らす。あんなことをした羽田を許《ゆる》さぬ……！　そしてこれ以上の犠牲《ぎせい》を出さないために、私は羽田軍と戦う。大軍勢《だいぐんぜい》から萩生を守る！　それしか思わぬ！」

言いながら、私は熱い涙《なみだ》がこみあげてくるのを止めることができなかった。私は声を立てずに泣いていた。

「……ゴンザは戦など愚《おろ》かなことだと言っていたが、私の考えはまちがっているか？」

ゴンザは珍《めずら》しくやさしい笑《え》みを浮《う》かべると、かぶりをふって私を見た。私はほっとして、胸《むね》の中があたたかくなり、そのまま目を空に向けた。濃《こ》く茂《しげ》ったモミの木の葉の間からも、満天の星が輝《かがや》いているのが見える。美しい星月夜だった。

眠《ねむ》れぬままに目を閉《と》じていると、ゴンザが静かに立ちあがって出ていく気配がする。

のぞいて見ていると、ゴンザはモミの木のそばに立って、あの村の方角を見ている。そしてまず、静かに口の中でなにか言いながら、両手を大きく広げて天を拝《はい》した。次に村のほうに手をさしのべ、ゆっくりとそのまま、なにかを持ちあげるように空に向かって上げていった。

すると、村の上空あたりに小さな白い光がいくつも浮《う》かびあがるのが見えた。そしてそれらはゴンザの手の動きにつれて、ひとつ、またひとつと、すうと尾《お》を引いて夜空の星に向かって飛んでいくのだった。

泥《どろ》のような眠《ねむ》りに引きずりこまれながら、私《わたし》はゴンザはあの人たちのお弔《とむら》いをしているのだな、と思った。……ゴンザは人間じゃない。

だけど人間と同じ、いやそれ以上のなにか……なのかもしれない、と思った。

（十一）

思いがけず深く眠《ねむ》り、目覚めたときにはゴンザと小兵太《こへいた》どのの姿《すがた》はなく、＊熾《お》きになりかけた焚《た》き火《び》には、小鍋《こなべ》がかけられて、お湯がわいていた。この様子だとふたりはじきに戻《もど》ってくるつもりなのだろう。

私《わたし》は急に用を足したくなった。さすがに男子ふたりの前では言いだしにくいことなので、留守《るす》をさいわいに私は付近の手ごろな茂《しげ》みの中に入りこんで用を足した。

晴れあがった気持ちのいい朝で、近くの山や竜ヶ岳《りゅうがたけ》もくっきりと見える。私には見当もつかないが、もうかなり青海《あおみ》との国境《くにざかい》に近づいているはずだ。じきに青海に入れるだろう。

一刻《いっこく》も早く青海から援軍《えんぐん》を送らねば萩生《はぎう》は全滅《ぜんめつ》だ。私は気を引きしめて、今日も歩くぞとひとり気合を入れた。

戻ろうとして、足元に手ごろな木の枝《えだ》が転がっているのを見つけた。この先、山歩きの杖《つえ》にでもしようか、と拾いあげたとたん、いきなりそれがにょろり、と動いた。げっ!?

私《わたし》がつかんだのは、冬眠明《とうみんあ》けで陽《ひ》の光であたたまろうと、長々とのびていた蛇《へび》だった。

「きゃあーっ！」思わず大声をあげて、蛇を遠くのヤブに放り投げた。

そのヤブの中からも、突然《とつぜん》「ぎゃっ！」と声があがり、次《つ》いで何人かの男の声がした。

「何者か蛇を投げつけおったぞ！」「出会えっ。敵襲《てきしゅう》じゃ！」そのへんからバラバラと武《ぶ》装《そう》した者たちが飛びだしてきた。旗指物《はたさしもの》は羽田《はだ》のものだった。

なんということか、私が蛇を投げこんだヤブには羽田の斥候隊《せっこうたい》が潜《ひそ》んでいたのだ。

私は走って逃《に》げようとしたが、すぐに追いつかれた。二、三人を蹴《け》とばし、顔をひっかいてやったが、すぐに足払《あしばら》いをかけられてその場に引《ひ》き倒《たお》されてしまった。

私は国境《くにざかい》目前で、羽田の斥候隊の捕虜《ほりょ》になってしまったのだった。


うしろ手に縛《しば》られてしばらく歩き、山道沿《さんどうぞ》いに森が開けた場所に連れていかれた。隊の野営地《やえいち》と見え、羽田の旗指物が立てられ、食糧《しょくりょう》や武器《ぶき》が置いてある。焚《た》き火《び》で暖《だん》をとっている斥候隊は、七人ほど。いずれも凶暴《きょうぼう》そうな顔つきだ。旗指物は羽田のものだが、これは正規軍《せいきぐん》ではなく、雇《やと》われた山賊《さんぞく》か、ならず者ではないかと思われた。隊長らしき男の前に引《ひ》き据《す》えられて尋問《じんもん》を受ける。

「こんな山奥《やまおく》をひとりうろつくとは、怪《あや》しい娘《むすめ》じゃ。何者か」

＊熾《お》き——薪《たきぎ》が燃《も》えたあとの赤くなったもの

「私《わたし》は里の娘《むすめ》じゃ。ここにいたのは、病気のお父《と》っつあんに飲ませるため、薬草を取りに来ただけじゃ」

精一杯《せいいっぱい》しらを切ってみせたが、隊長はなおも追及《ついきゅう》の手をゆるめない。

「土地の者はみな城《しろ》に逃《に》げこんだはずだ。それでは城には何人くらい立てこもっているか知っているはずだ。侍《さむらい》の数は？」

「そんなことは知らない。数えてみたこともない」

「やはり怪《あや》しいやつだ。なにしろその面《つら》がまえがただ者ではない。まだ子どものようだが、萩生の忍《しの》びかもしれぬ。とりあえず木につないでおけ」

ふん、顔がただ者じゃなくて悪かったわね、とむかついたが、結局、そのまま野営地《やえいち》の奥《おく》に立っていた木に縛《しば》りつけられてしまった。大騒《おおさわ》ぎして抵抗《ていこう》しようとしたが、着物の襟《えり》に仕込《しこ》んだおじじ様の書状《しょじょう》を思い出して、やめた。青海に援軍《えんぐん》を求める文《ふみ》は、絶対《ぜったい》に見つかってはならない密書《みっしょ》だ。へたに騒ぎたてて、身体検査《けんさ》されては絶対まずい。私はドキドキしながら、そこにいるしかなかった。

私は、体を木にもたせかけたまま、連中の話に聞き耳をたてていた。どうやら一行はこのあたりを探《さぐ》りながら、本隊の到着《とうちゃく》を待っているようだ。羽田軍の総勢《そうぜい》はおよそ千五百人。

空《あ》き城状態《じろじょうたい》の萩生攻《はぎうぜ》めとしては十分すぎる兵数である。先鋒隊《せんぽうたい》五百はすでに竜ヶ岳の向こうに達し、早ければ明日にも南の砦《とりで》を攻め落として、本城《ほんじょう》にせまるつもりなのだ。

明日！　すぐにでも青海の援軍《えんぐん》を呼《よ》ばねば、砦のおじじ様たちが危《あぶ》ない。こんなところで足止めをくっているわけにはいかない！　私《わたし》は自分の軽率《けいそつ》さを呪《のろ》った。

せめてあのふたりだけでも、青海に向かってくれたら！

歯ぎしりしながらふと目をあげると、森はずれの茂《しげ》みから、当のゴンザと小兵太どのがひょっこりと頭を出し、こちらを見ているではないか。

助けに来てくれたのか。でもふたりだけでこいつらを相手にするのは絶対《ぜったい》無理。……頼《たの》むから私のことなどかまわず、ふたりで青海へ向かってくれ！

そんな願いもむなしく、無謀《むぼう》にも小兵太どのの抜《ぬ》き放《はな》った刀がピカリと陽《ひ》に反射《はんしゃ》する。その光が目に入ったのか、ひとりが鋭《するど》くヤブのほうをふり向いた。まずい、気づかれる！

私は大声で叫《さけ》んだ。

「おーい！　そこの者、そちの足元にマムシがいるぞ！」

「なにっ、マムシだと？　どこじゃ!?」

相手はあわてて足元を棒《ぼう》で叩《たた》く。そのスキにゴンザが小兵太どのをつかんで、頭をひっこめた。

「こやつ！　マムシなどおらんではないか！　やっぱりどうも怪《あや》しい娘《むすめ》だ。きさま、なにかを企《たくら》んでおるな。おお、そういえば、こいつの身体検査《けんさ》をするのを忘《わす》れていた。おい、娘の身ぐるみをはげ！　なにか隠《かく》し持《も》っているかもしれん」

隊長の命令で、部下どもがいっせいに私《わたし》を取り囲んだ。まずい、妙《みょう》なことを思い出させてしまった。着物を脱《ぬ》がされて、襟《えり》に入れたおじじ様の文《ふみ》が見つかったら……！

私は必死で抵抗《ていこう》したが、男どもはかまわず襟がみをつかんでくる。

「あれ――っ、お侍《さむらい》様方、お助けくださいませ！」

突然《とつぜん》、絹《きぬ》を裂《さ》くような悲鳴が山道の向こうの森からあがった。連中がいっせいにそっちをふり向いた。なにやら大きな白いふわふわしたものが走ってくる。その白いものは、野《や》営地《えいち》の前でばったりと倒《たお》れて動かなくなった。よく見ると頭から白い*薄《うす》ものをまとった若《わか》い女のようだった。どうした、なにごとだ、と助け起こされたのは、抜《ぬ》けるような白い肌《はだ》に薄紫《うすむらさき》の小袖《こそで》、私でもドキドキするほどの美女だ。もちろん、斥候隊《せっこうたい》の連中も取り囲んで見とれている。

「お女中、いったいいかがいたした!?」

隊長が目じりを下げながらたずねる。

「わたくしは旅の芸人でございます。この山中で仲間とはぐれ、ひとりで迷《まよ》っていたところを、山賊《さんぞく》のような者どもがやってきて、*かどわかそうとしたので逃《に》げてきたのでございます。どうかお匿《かくま》いくださいませ」

色っぽい切れ長の目に涙《なみだ》を浮《う》かべながら長いまつげをふるわせ、*朱唇《しゅしん》をひらめかせて訴《うった》える美女。

「おお、それならばいかにも。案ずることはない、悪者どもは追《お》い払《はら》ってくれよう」

連中もデレデレしながらかっこうつけてみせている。

まったく、美人と思えば、私《わたし》のときとはずいぶんな違《ちが》いじゃないの？　感じ悪いったら、と内心ブツブツ言っている私のことなど、もはやだれも気にしていない。

「ありがとうございます。お礼にこのお酒をさしあげますので、どうか人里までわたくしをお連れくださいませ」

美女は袖《そで》の下から酒ガメを取りだした。隊長がどれ、と口にふくむ。

「これは上等な……うまい酒じゃ！」

「それはうれしゅうございます。では、わたくしがお酌《しゃく》を……」

たちまちその場で酒盛《さかも》りがはじまってしまった。かなり強いお酒のようで、みんな見る

*薄《うす》もの——風通しがよい薄い着物　*かどわかす——連れ去る　*朱唇《しゅしん》をひらめかす——赤いくちびるを光らせる

間に酔《よ》っぱらいと化していく。そして不思議にも、ずいぶんと飲んでいるのに、酒ガメからは尽《つ》きることなく酒が出てくるようだった。

「では余興《よきょう》にわたくしが踊《おど》りましょう」

美女が立ちあがり、きれいな声で歌いながらゆるやかに舞《ま》いはじめた。もう一同の目は美女に釘《くぎ》づけで、私《わたし》に注目する者はだれひとりいない。

いや、ただひとり、いつの間にか私の目の前に立っているのは、向こうで踊っているはずの、あの美女だった。

「待たせたな、姫《ひめ》どの」

「……??」

「おまえまでもがキツネの化かしにはまったか。しっかりしろ、この〝トラ八《はち》〟!」

「……ゴンザ!　……えっ?　そなたなのか!?」

「俺《おれ》たちは朝のカユのための草を探《さが》しに出ていたのだ。おまえの悲鳴に、急いで駆《か》けつけたが、あたりに大勢《おおぜい》が踏《ふ》み荒《あ》らしたあとがあって、それでおまえが敵《てき》に捕《つか》まったと知った」

美女・ゴンザが*いましめのナワを切りながら話した。

「すぐにおまえを助けようとしたが、俺《おれ》たちふたりでは無理だと判断《はんだん》したのだ。小兵太どのが血気にはやって、ひとりで斬《き》りこもうとするのを止めるのは骨《ほね》だったが……」

「それでその姿《すがた》に化けて？　小兵太どのに気づかれなかったか？」

「そいつは、小兵太どのの近眼《きんがん》に賭《か》けるのみだな。とにかく、おまえはあの茂《しげ》みまで走れ。小兵太どのがいるからふたりで逃《に》げろ。あとは俺が連中を釘《くぎ》づけにしとく」

斥候隊《せっこうたい》を見ると、なるほどすっかり酔《よ》っぱらった連中が、ゆらゆら揺《ゆ》れる一本のススキの穂《ほ》をうっとりとながめている。ところが、中のひとりがひょいとこちらを向き、ゆらめく酔眼《すいがん》に力をこめて、焦点《しょうてん》を合わせてきたかと思うと、大声で叫《さけ》んだ。

「うおっ!!　おい！　娘《むすめ》が逃げるぞ！　あの女も仲間だったのじゃ！」

まずい、ばれた！　ゴンザは山刀《やまがたな》をかまえ、ふたりで背中合《せなかあ》わせに立ちあがった。

そのとき、なにかがビュッと風をきって飛んできたかと思うと、例の酒ガメがガッ、と砕《くだ》けた。中からは酒どころか、汚《きたな》い泥水《どろみず》が飛び散る。そばには小石が転がっている。

「なんじゃ、これは!?」

斥候どもはぺっぺっ、と泥水を吐《は》きだしながら、こっちを睨《にら》みつけた。

「やれやれ、これで術《じゅつ》はおしまいだ」

元の姿のゴンザが肩《かた》をすくめてみせた。泥水を飲まされたと知って、いっきに酔いもさ

＊いましめのナワ――体をしばってあるナワ

めた連中が「おのれっ。許《ゆる》さん！」と、いっせいに刀を抜《ぬ》きはなった瞬間《しゅんかん》、「ギャッ」ひとりが頭を押《お》さえ、もんどりうって転がった。

こぶし大の石が次から次へとビュンビュン飛んでくる。

「敵襲《てきしゅう》じゃ！」

「だれかが石を投げてくるぞ！」

「何者じゃ!?　くそっ。どこから投げているのじゃ!?」

連中はもう私《わたし》たちどころではなく、石を避《よ》けながら右往左往《うおうさおう》するうちに、またひとりがギャッ！　とわめいて倒《たお》れた。

「小兵太どのだ！」

ゴンザが驚《おどろ》いたように叫《さけ》んだ。見ると、茂《しげ》みの前に立ちはだかった小兵太どのが、野営《やえい》地《ち》めがけてガンガンと石を投げてくるのだった。

「あんな遠くから!?　さすが萩生の『石投げ隊』の長《おさ》じゃな!!」

もちろん小兵太どのは近眼《きんがん》なので、めちゃくちゃに投げているのだが、運よく敵《てき》に命中するものもある。それで調子にのった小兵太どのは思いきり飛びあがってみせた。

「やーい！　こっちだ、こっちだ！　鬼《おに》さんこちら！　わが尻《しり》くらえ！」

あきれたことに、お尻ペンペンまでしている。

「おのれ！　小僧《こぞう》！　そっ首叩《たた》き落《お》とす‼」

頭に血がのぼった敵《てき》は、いっせいに小兵太どのに向かっていく。小兵太どのはすばやく逃《に》げながら、私《わたし》たちに向かって叫《さけ》んだ。

「ゴンザ！　このスキに姫《ひめ》どのを連れて逃げろ！　必ず姫どのを青海に送《おく》り届《とど》けろ。こいつらは俺《おれ》が引き受ける！」

「小兵太どの……！」

気持ちはありがたかった。しかし、小兵太どのはひどい近眼《きんがん》。ちょっとした地面の穴《あな》ぼこにでも、足をとられたら一巻《いっかん》の終わりだ。

「危《あぶ》ない小兵太どの！　そのままだと木にぶつかる。……ああっ、だめだって！　そっちに行ったらヤブに突《つ》っこむ！」

逆《ぎゃく》に気が気ではなく、逃げるに逃げられない。見ていると、走っていく小兵太どのの前方になにやら黒い土の小山のようなものがある。目をこらすと、その小山は右に左にゆらゆらとかすかに動いている。さらに、そのそばには小さな黒いものがふたつほど、やはりモコモコと動きまわっている。

「……ゴンザ。あれは、なんじゃ？」

「あれは……クマだな。しかも、二頭の子連れだ。……運が悪いな」

「ええっ、クマ!? ゴンザ、早く小兵太どのを止めねば！」

しかし前にはクマ、後ろには敵《てき》がせまっている。ゴンザが叫《さけ》ぶ。

「もう遅《おそ》い。小兵太どの！ そのまままっすぐ進め！ 真っ正面の木に登れ！」

「……？？？」

声は届《とど》いたものの、もとより近眼《きんがん》の小兵太どのにはクマなど見えてはいない。クマの真正面を猛烈《もうれつ》な勢《いきお》いで駆《か》けぬけるや、正面の松の木にぶち当たりざま飛びつき、わけがわからないままによじ登った。

クマのほうも驚《おどろ》いた。冬眠中《とうみんちゅう》にためこんだ腸の中をきれいにしようと、繊維質《せんいしつ》たっぷりの山菜をせっせと食べている鼻さきを、なにかが猛烈な勢いでかすめたからだ。そこへ今度はガシャガシャとやかましく具足を鳴らしながら、大嫌《だいきら》いな人間どもがこちらに向かってくるではないか。

「グオウッ!!」

クマは怒《いか》りと、かわいい二頭のわが子を守るために毛を逆立《さかだ》て立ちあがった。

「うわあっ！ クマだっ!!」

斥候《せっこう》どもは*算を乱《みだ》して目先の森の中に逃《に》げこんだが、クマも猛然とその後を追う。

森の中からすさまじい音と絶叫《ぜっきょう》が響《ひび》いた。

「……森の中で、こっちから見えないのが幸いだ。気の毒だがこの時期に子連れのクマに出くわしたら、不運としか言えない」

ボソリ、とゴンザがつぶやいた。私《わたし》はゾッとした。


木の上の小兵太どのはようやく事態《じたい》が吞《の》みこめたのか、こちらに向かって手をあげた。

「かたじけない、ゴンザ！　おかげで命びろいしたぞ！　おまえたちはこのまま青海へ急げ！　ゴンザ、姫《ひめ》どのを頼《たの》んだぞ！」

「わかった。小兵太どのはこのまま、敵《てき》に気をつけて山道を下りてくれ。川の音のする方向に進めば街道《かいどう》に出られる。城《しろ》に帰りつける」

「小兵太どの！　ここまでありがとう！　無事に帰ってくださいね」

小兵太どのは、うん、うん、と大きくうなずいた。

「ゴンザよ！　ひとつ、論語《ろんご》を教えてやる。それはな、『義《ぎ》を見てせざるは勇無《ゆうな》きなり』というのだ！」

「……義？」

ゴンザはどういう意味か、という顔で私を見た。

「それは、『その人が、人としてしなければならないことを知りながら、なにもしないの

＊算を乱《みだ》して――ちりぢりばらばらになる

はただの臆病者《おくびょうもの》だ』という意味じゃ」

「『勇無き……』なるほど……」

「さあ、先を急がねばゴンザ。南の砦《とりで》の合戦《かっせん》は明日には始まるのだ。斥候隊《せっこうたい》の者がそう話しておった。時間はない。一刻《いっこく》も早く父上に援軍《えんぐん》を頼《たの》まねばならぬ」

私《わたし》たちはもう一度小兵太どのに大きく手をふると、ふたたび山奥《やまおく》へ向かって駆《か》けだした。

（十二）

そしてついに、私《わたし》たちの目の前に海が開けた。

青海《あおみ》に入ったのだった。はるか遠く、銀色にキラキラと輝《かがや》く海が見える。

「あれが……海か。一度見たいと思っていたんだ」

ゴンザが感にたえない、というようにつぶやいた。

私もまた、見なれた故郷《こきょう》の海を前に、泣きだしたいほどの安堵感《あんどかん》をおぼえていた。

とうとう自分の国に帰ってきたのだ。

「なあんだ。人間に戻《もど》ってしまったのか。つまらぬのう」

「うるさい！」

小兵太《こへいた》どのと別れてここまで、ゴンザはずっとキツネの姿《すがた》で来た。私は茶色いふさふさのしっぽに導《みちび》かれて、這《は》うようにして道を辿《たど》ってきたのだった。ゴンザはそのけものの姿で、行きつ戻りつしながら、敵《てき》の有無や安全な道を、時には鳥たちを飛ばせ確《たし》かめながら、私を導いてきたのだ。時々短い休憩《きゅうけい》をとるたびに、私はぐたぐたに疲《つか》れていたが、どうしてもキツネのゴンザをなでてみたくてたまらなかった。「……さわってもよいか?」と、手をのばすたびに、——だめ!——と、毛を逆立《さかだ》てて怒《おこ》られ、三白眼《さんぱくがん》でにらまれた。

「ゴンザは海を見たことがなかったのか? そなたはあんなに神出鬼没《しんしゅつきぼつ》なのに?」

「いや……。なんというか、俺《おれ》は山から離《はな》れられなかったのだ。だから、海には憧《あこが》れていた」

「そうなのか? まあいい、これからは海など飽《あ》きるほど見られる」

安全圏《あんぜんけん》に入った気楽さから、ようやくそんな話をしていると、いきなり近くのヤブがガサガサッと揺《ゆ》れ、ザッと左右に分かれた。

「そこの者! 止まれ、なにをしている。何者か!?」

鋭《するど》い声とともに、たちまち五騎《き》ばかりの騎馬武者《きばむしゃ》が現《あらわ》れ、ぐるりと私《わたし》たちを取り囲んだのだった。槍《やり》を突《つ》きつけられ、早くもここにまで羽田《はだ》軍の手がのびたか、とゴンザも私も身がまえた。

「いよう! 〝トラ八《にち》〟ではないか! そんなドロドロの身なりでは、どこぞの山女が迷《まよ》い出《で》てきたのかと思うたぞ!」

能天気《のうてんき》なほど明るい声が頭上からふってきた。見あげると、日焼けした顔に真っ白な歯を見せてなつかしい人が笑っている。

「大兄上《おおあにうえ》!! どうしてこんなところに?」

それは、青海の長兄、信隆《のぶたか》だった。

「そりゃあ、おまえ、萩生《はぎう》の街道《かいどう》に羽田長盛《ながもり》の軍勢《ぐんぜい》が現《あらわ》れたとなれば、青海としても偵察《ていさつ》はせねばならぬ。それにしてもトラ八よ! なんと驚《おどろ》いたなあ。自力で萩生城《はぎうじょう》から脱出《だっしゅつ》してきたとは! さすがは『ぶっても蹴《け》っても、土に埋《う》めても死なぬトラ八』じゃ」

「自力じゃありません。このゴンザが助けて連れてきてくれました」

大兄上は、へえ、と言ってあらためてゴンザを見た。

「なかなか良い面《つら》がまえの者だな。何者だ?」

ゴンザが「……姫《ひめ》どの」と、ひかえめに私《わたし》の袖《そで》を引いた。

「そうだったわ! 兄上、私たちをすぐに城《しろ》へ連れていって! 父上に会わなくては!」

私は大兄上の鞍《くら》の前に、ゴンザは騎馬武者《きばむしゃ》のひとりの後ろに乗せられて、城へと向かった。疲労《ひろう》と安堵《あんど》のあまり、私は大兄上の腕《うで》の中で眠《ねむ》ってしまい、大兄上が父上の前に私をそっと抱《だ》き下《お》ろすまで目覚めなかった。

「八《はち》よ！　よう戻《もど》った！　なんとまあ、傷《きず》だらけではないか」

目をあけると、青海の父上が泣かんばかりにして、私《わたし》を抱《だ》きしめた。

「そなたにもしものことがあったらと、夜も眠《ねむ》れなんだぞ。萩生では領主《りょうしゅ》の弟が戦死し、領主自身も負傷《ふしょう》したとか。しかもその留守《るす》に羽田が進軍してくるとあって、いつ萩生に使者を立て、そなたを取《と》り戻《もど》すか思案中だったのだ」

私は父上の言葉に、胸《むね》が熱くなった。

「……では、私がどうでもいい末っ子の捨《す》て石《いし》だから、ではなかったのですね？」

「なにを申すか！　あたりまえじゃ。おまえを人質《ひとじち》につかわしたのは、おまえがおさながら、信隆をのぞいてはいちばん*胆力《たんりょく》があり、機転もきくからじゃ。八番目の末っ子に八と名づけたのは、八という字が末広がりという意味のめでたい字だからだ。そなたも、この青海も子々孫々までも末広がりに続くようにとつけた名じゃ。末の力石《ちからいし》じゃ。決して見捨てることはせぬ」

「……父上……！」

うれしくて、目がじわっとした。

しかし、そんな場合ではなかった。私はさっそく着物の襟《えり》を裂《さ》き、細く折ったおじじ様からの書状《しょじょう》を取りだした。にこやかだった父上の顔は、読み進むにつれて険《けわ》しくなっていった。

父上は下座《げざ》にひかえているゴンザに声をかけた。

「権三郎《ごんざぶろう》とやら、苦労であった、確《たし》かに承知《しょうち》した。青海はただちに軍勢《ぐんぜい》をととのえ、萩生に送ろう。八姫《はちひめ》の申すとおり、それはこの青海を守るためでもあるからじゃ。羽田長盛の真の狙《ねら》いは萩生というよりも、むしろ青海の有する港と海路なのじゃ。内陸にあるやつの国では塩さえ満足ではない。海がやつの欲《ほっ》するところじゃ。萩生が落ちたなら、次はこの青海じゃ。それゆえ、萩生の危機《きき》はこの青海の危機なのだ」

ゴンザはきちんと平伏《へいふく》し、謝辞《しゃじ》を述《の》べた。

「どうか大殿《おおとの》様と萩生をお救いください！」

父上はやわらかい目でゴンザに応《おう》じた。

「そちはこの青海にとどまるように。文《ふみ》を届《とど》けた後は青海で手厚《てあつ》く保護《ほご》してもらいたいとの、忠久《ただひさ》公（おじじ様）からのお言葉がそえてある。権三郎よ、そちは忠久公にとって息子《むすこ》のようなものだそうだな。戦《いくさ》が終わるまで、この城《しろ》で過《す》ごすがよい」

その言葉にゴンザは、グッと目をすえると答えた。

「いいえ！　青海のお館《やかた》様、どうか俺《おれ》を軍勢のひとりに加えてください。……いいえ！

＊胆力《たんりょく》——度胸《どきょう》

どうか、俺《おれ》に百人の兵を貸《か》してくださいまし！　俺はどうしても大殿様《おおとの》を助けたいのです！」

私《わたし》はびっくりした。ゴンザがこんなことを言いだすとは思わなかった。大兄上が、ほう？　と、ゴンザを見た。父上は相手の粗末《そまつ》な身なりに目をとめ、さとすように言った。

「兵を貸《か》せ、と？　そちの大殿様への忠義《ちゅうぎ》はわからぬではないが……。しかしそちは侍《さむらい》ではなく、合戦《かっせん》の経験《けいけん》もあるまい。兵を率《ひき》いることなどできはせぬ」

ゴンザはうつむいて、黙《だま》りこんだ。私もゴンザを戦《いくさ》に引きこむのは反対だった。

「そのとおりじゃ、ゴンザ。おじじ様もおっしゃっていたではないか。役目を終えたら、ゴンザはもう萩生に戻《もど》らずに……自由にしろと。だから、ずっと青海にいて。そうしたら海だって、好きなだけ見られるではないか」

ゴンザは目をあげずに首をふった。

「お許《ゆる》しいただけぬのなら、俺はひとりで萩生に戻ります。では、これにて……」

そして、一礼するとサッと立ちあがり、そのまま城門《じょうもん》のほうに向かった。城《しろ》を出ていこうというのだ。

「待って、ゴンザ！　そなたはどうしようというの。今萩生に戻るのは、死にに行くようなものじゃ！」

ゴンザは答えようとしない。早足のゴンザに追いついたのは、すでに城《しろ》の外だった。もう日が暮《く》れて海は見えず、ただ裏手《うらて》の岸壁《がんぺき》に打《う》ち寄《よ》せる波の音だけが聞こえた。その暗がりの中で、ゴンザが急にしゃがみこむ気配に、私《わたし》はハッとした。ゴンザはキツネに姿《すがた》を変え、萩生まで駆《か》け戻《もど》るつもりなのだ。

「ならぬ！　ゴンザ、ひとりで行ってはならぬ！　そなたがひとり萩生に戻っても、おじじ様はお喜びにはならぬ！」

私はゴンザに飛びつくと、その色あせた筒袖《つつそで》をしっかりとつかんで、離《はな》すまじ、と思った。ゴンザはそれをふりほどこうとする。私も必死だった。

「ほっとけ！　俺《おれ》みたいな化けギツネにかまうな！　死のうとどうしようと、人間のおまえには関係ないことだ！」

「馬鹿者《ばかもの》！　そなたは化けギツネなどではない！　そなたは、もう、私にとっては……」

言いながら、私は自分の気持ちに気づいてしまった。ここに来るまで、私とゴンザは思いをひとつにしてきた。ゴンザは常《つね》に私を気づかい、守ってくれた。そのことをありがたく思う以上に、私はゴンザを、かけがえのないものと考えるようになっていたのだと……。そしてこの人ならぬ人を、私自身が全力で守りたいと思っていることを。それは、なんと言えばいいのかわからないが、生まれて初めて他人に抱《いだ》く感情《かんじょう》だった。

「ひとりで行くな！　ゴンザ。どうしてもというなら、私《わたし》もそなたと一緒《いっしょ》に行く！」

「だめだ！　おまえこそここに残れ、無事でいろ。俺《おれ》はあの方を助けたい、最後まで一緒にいたいんだ。大殿様《おおとのさま》は俺に、人は良きものと教えてくれたお方だ。俺は今、あの方のためなら戦《いくさ》に加わり、武器《ぶき》をとって戦い、敵《てき》を殺してもかまわない、と思っている」

息も荒《あら》く叫《さけ》ぶゴンザの眼《め》が、闇《やみ》の中でけだもののように光っている。

「ゴンザ……。おじじ様を思うそなたの気持ちはよくわかった。しかし、それほどおじじ様を慕《した》い信じているのなら、だったら、私のことも信じてくれぬか？　そなたを信じ、ともに旅をした私を。……約束する！　必ず私がそなたを萩生に帰そう」

ゴンザは無言で暗い沖方《おきへ》を見つめていたが、やがてその体から、ふうっと力が抜《ぬ》けていくのを感じた。眼の光がじょじょに消え、そして人の眼がまっすぐに私を見返していた。

闇の中、潮騒《しおさい》だけが聞こえる中で、私もまた、ひとつの決心をした。


「父上！　ゴンザをわが軍にお加えください！　私が青海まで帰りつけたのはゴンザのおかげです。ゴンザの力……いえ、身分こそないけれど、ゴンザは立派《りっぱ》な人……人以上の人です。どうか父上、八の一生のお願いでございます！」

父上の前で、頭を深くさげた。ふうむ、と考えこんだ父上に、私はさらに食い下がった。

「どうか早く出陣《しゅつじん》をお決めください。急がないと……萩生にはまだタヨだって残っているのですもの。助けないと」

ここで後ろからゴホン、とせき払《ばら》いが入った。

「ご心配いただいてありがとうございます。タヨはここでございます」

タヨが『茜《あかね》ちゃん』をたずさえて、すました顔でそこに立っていた。

「……えっ？　タヨ!?　どうしてここに!?　どうやって戻《もど》ったの!?」

「姫《ひめ》様が牢《ろう》から脱出《だっしゅつ》なさったのがバレて、城中《しろじゅう》が大騒《おおさわ》ぎになったのに乗じて、ススキに乗って城を出たのでございます」

なんですって？　私《わたし》たちが山の中でさんざん悪戦苦闘《あくせんくとう》している間に、このおばさんは馬に乗って、ちゃっかり山越《やまご》えをしたと……？

「よくもまあ、そう調子よく戻れたわね」

「元々姫様のような子どもが間者《かんじゃ》だなどと、本気で思っている者などいませんでしたからね。あれは奥方《おくがた》様の意地悪です。だからこそ、城では追っ手をかけませんでしたし、実際《じっさい》にそれどころではなかったですし」

「そうよね、私が間者のわけないわよ」

タヨは依然《いぜん》、こともなげな顔で、こう答えた。

「さようでございますとも。間者《かんじゃ》はこのタヨでございましたもの。萩生で起こったことはすべて青海へ知らせておりました」

えー──っ!? 乳母《うば》が間者!? この平凡《へいぼん》な、素朴《そぼく》そうなおばさんが、主人たる私《わたし》にも黙《だま》ってそんなことを? いやいや、でも、父上はご承知《しょうち》の上で、つまりタヨに命じたのは父上で……ということは、なにもかも私に内緒《ないしょ》で大人たちが仕組んだ?

……ううう、これだから戦国の者は油断《ゆだん》がならないのだ。

「だって、大事な姫《ひめ》様のお命が危《あぶ》なかったのですもの。一刻《いっこく》も早くお館《やかた》様にお知らせしなくてはと」

「あっそう? おまえが青海に情報《じょうほう》を知らせたから、それで大兄上が偵察《ていさつ》に出て、それを目撃《もくげき》されて、青海が寝返《ねがえ》ったとうわさになり……いったい、だれのおかげで私の命が危なくなったっていうのよ~!!」

横で私たちがもめている間、父上と大兄上は話し合っていたが、やがて父上が形をあらためてゴンザに向かった。

「よかろう。急なこととて、青海は二百の騎馬《きば》と歩兵《ほへい》三百をつかわすことしかできぬ。そのうちの五十の騎馬をそなたのものとする。総大将《そうだいしょう》はこの長男、信隆がつとめる。そちはその下知《げち》に従《したが》え」

ゴンザはうれしそうに平伏《へいふく》した。

大兄上がそばに来てポンポンとゴンザの体を軽く叩《たた》いて大きさを確《たし》かめた。

「俺《おれ》ので、もう細すぎて使えなくなった鎧《よろい》があるから、それを使え」

私《わたし》はゴンザのために父上へお礼を述《の》べると、今一度きっちりとひざをそろえた。

「……ところで、父上。もうひとつお願いが……」

（十三）

戦《いくさ》にのぞむ武将《ぶしょう》のよそおいというのは、下着からしてふだんとは違《ちが》う。下着はすべて白で、これはいつ命を落としてもそのまま死《し》に装束《しょうぞく》となる。戦時の礼装《れいそう》である鎧直垂《よろいひたたれ》と呼《よ》ぶ袖幅《そではば》のせまい上着と細身の袴《はかま》を着て、足にはすね当て、上半身は弓掛《ゆがけ》、籠手《こて》をまとう。上半身を守る胴丸《どうまる》をつけ、下半身は草摺《くさずり》をつける。太刀《たち》を*佩《は》き、最後に兜《かぶと》をかぶる。装備《そうび》するのに一時間はかかり、自分ひとりでは着られない。

今ごろはゴンザもこうしてもらっているはずだ。

髪《かみ》は解《と》きおろし、鉢巻《はちま》きをしめる。最後に兜をかぶせてもらおうというときになって、タヨが口を出した。

「兜はおよしなさいませ、姫様《ひめ》。それではお顔もあげられません。重さも*七貫目《かんめ》にもなって、馬に乗ることもできませんよ。太刀もいりませぬ、『茜《あかね》ちゃん』だけで十分でございます」

そう言って頭には金《かね》を打った鉢巻《はちま》きだけにし、胴丸《どうまる》に草摺《くさずり》という最低限《さいていげん》の装備《そうび》にした。

「タヨは姫《ひめ》様が萩生《はぎう》に戻《もど》られるのも反対でございます。お館《やかた》様もどうしてトラ八《はち》様に根負けなさったものか……」

「だって、私《わたし》はどうしても萩生に行かなければならないのよ」

「あのゴンザとやら申す若者《わかもの》が、さほど気になられるのですか？」

私はちょっと顔が赤くなった。それは少なからず、当たっていたからだ。しかし、それだけではない。なにかが……、私のしなければならないことが萩生で待っている、そんな気がしてならなかったのだ。

「姫様はずいぶんとお変わりになられました」

緋色《ひいろ》の陣羽織《じんばおり》を着せかけてくれながら、タヨがしみじみとした声で言った。

「タヨ！　なにを言いだすのよ？」

「最初は萩生に行き、どうなることかとハラハラいたしました。なにしろ姫様は素直《すなお》すぎというか、お年のわりに幼《おさな》くいらしたので。けれどもあのゴンザと申す若者と出会ってからは、変わられました。もしかしたら姫様は、あの若者に恋《こい》されたのかもしれません。人を思う気持ちが深くなられ、お考えも広く大人になられたような……。タヨにはそう思われます」

＊佩《は》く――腰《こし》に下げる　＊七貫目《かんめ》――約二十六キログラム

「タヨ……。ありがとう」

タヨは私《わたし》の目の奥《おく》まで見通したい、というようにじっと私を見つめた。しばらくしてほうっと息をつくとこう言った。

「よろしいですか？　薙刀《なぎなた》にては敵《てき》の腕《うで》を狙《ねら》い、身を守ることだけに専念《せんねん》なさいませ。姫《ひめ》様の腕前ではそれがせいぜいでございますからね」

そういえば、私の薙刀の師《し》はタヨであった。戦国の女性《じょせい》は男同様に戦う。

そして、「これはお守り代わりでございます」と、水晶《すいしょう》の数珠《じゅず》を首にかけてくれた。珠《しゅ》玉《ぎょく》の中にひと粒《つぶ》だけ小さくいびつなものがある。

「いつぞや姫様が浜《はま》で見つけたあの水晶でございます。姫様がいらぬとおっしゃったのを数珠に組ませたものです。海からの贈《おく》りものがきっと姫様を守ってくれるでしょう」

『茜ちゃん』を抱《かか》え、馬取りに愛馬ススキを引かせて城《しろ》の中庭に行くと、篝火《かがりび》が明々と照らす真夜中の馬場に、すでに大勢《おおぜい》の甲冑姿《かっちゅうすがた》の男たちが集まりたむろしている。中にひとり、赤の糸縅《いとおどし》の袖《そで》と草摺《くさずり》、軽い革《かわ》の鎧《よろい》の腰《こし》には、しっくりとはまった太刀《たち》を帯びた若《わか》い武者《むしゃ》がたたずんでいるのを見つけた。凜《りん》としたまなざしをして、白の陣羽織《じんばおり》に、金の三日月をかたどった鍬形《くわがた》を打った兜《かぶと》の緒《お》の朱色《しゅいろ》がまぶしい。

「ゴンザか!?　見違《みちが》えたぞ。そなたは……なんだか生まれながらの武将《ぶしょう》みたい。ゴンザではなくて権三郎《ごんざぶろう》様、じゃな！」

ゴンザはちょっと照れたように、そしてまぶしそうにこちらを見た。

「もちろんだ。俺《おれ》は今、心底、正真正銘《しょうしんしょうめい》の本物の武士に化けているのだからな。おまえこそそうして女鎧《おんなよろい》に薙刀《なぎなた》なんか持ってると、まるで別人だ、と言いたいところだが、とても似合《にあ》っている。けど、俺はおまえには戦場《いくさば》に行ってほしくない。……こんなことにならないように、祈《いの》っていたのだが」

そこへ、おお、俺のお下がりがぴったりのようだな、とか言いながら大兄上《おおあにうえ》がやってきた。こちらはもう堂に入った武将の貫禄《かんろく》である。

「ゴンザよ。そんなことを言って、このトラ八が引き下がると思ったら大間違《おおまちが》いだぞ。なにしろ赤《あか》ん坊《ぼう》のころから、一度言いだしたらきかぬ性分《しょうぶん》なのだ。現《げん》に俺の海賊討伐《かいぞくとうばつ》に勝手についてきて、こっそり軍船にもぐりこんでいたくらいだ。それがおまえ、たった十二歳《さい》のときだぞ。この命知らずを連れていかぬと言ったら、ひとりででも後を追ってくるだろう。だから、初めから連れていくのが正解《せいかい》なのだ」

それから私《わたし》に向かって釘《くぎ》をさした。

「おまえも今は本物の戦に行くのだ。その覚悟《かくご》はしておけ。父上には見学だけということで、やっとお許《ゆる》しをいただいたのだからな」

「わかりました。危《あぶ》ないこと、みなの足手まといになることはしません」

「それにゴンザ、おまえは今まで下男の仕事をしていたのだろう？　兵法の心得はあるのか？　槍《やり》は使えるか？　それより馬に乗れるのか？　……まあ、今回は初心者でも乗れるようなおとなしいやつを用意したが」

私《わたし》のススキよりものんびりとした感じの、栗毛《くりげ》の牝馬《ひんば》が引かれてきた。ゴンザはそれをちらりと見ると首をかしげた。

「せっかくで申しわけないが、この馬じゃないほうがいい。この子は今朝からすこし腹《はら》が痛《いた》い、と言っているから」

「……？」

「よければ、あっちの馬房《ばぼう》につながれているのがいい」

馬房の中の大きな黒鹿毛《くろかげ》を指さした。大兄上はいやはや、と笑って手をふった。

「あれはおまえ、無理だよ。あの馬は買い入れたばかりの東駒《あずまこま》で、慣《な》らしておらぬ。気《き》性《しょう》も荒《あら》く、まだ乗りこなしたやつはいない」

なるほどつやつやと光るみごとな黒馬が、いらだたしげに地面を掻《か》き、通りかかる者に嚙《か》みつこうと頭をふりあげ、下ろしているのが見える。

「大丈夫《だいじょうぶ》ですよ、大兄上。ゴンザならどんな馬でも乗りこなせます」

自信満々な私《わたし》たちと疑《うたが》わしげな大兄上の前に、「若《わか》いの、命知らずじゃな」とあざ笑いながら、数人がかりでやっと鞍《くら》をつけた黒馬が引きだされてきた。そのまますたすたと近よるゴンザに、馬は目をむいて威嚇《いかく》し、いななき、棹立《さおだ》ちとなって前脚《まえあし》をふりあげる。

ニヤニヤ笑いながら見ていた兵たちが、「危《あぶ》ない！」と、凍《こお》りついた。

しかしゴンザはそれにかまうふうもなく、馬の前で静かに手をかざし、なにごとかささやきかけた。そうするうちに馬の眼《め》がしだいに落ち着いていくのが、だれの目にもはっきりとわかった。

馬は前脚を下ろし、ゴンザは軽く鼻づらや額《ひたい》をなでると、ひらりと馬上の人となった。そのまま手綱《たづな》も使わずに馬首をめぐらせて、私と大兄上の前まで歩ませる。

青海《あおみ》の兵たちの間から感嘆《かんたん》のどよめきと歓声《かんせい》があがった。

「ほらね？　私の言ったとおりでしょう。大兄上」

「うーむ。これは驚《おどろ》いた。なるほど八《はち》の申すとおり、ただの下男ではなさそうじゃ。戦《いくさ》場《ば》にては楽しみじゃのう」

そう言ってカラカラと笑ったのは、縁先《えんさき》に現《あらわ》れた父上だった。

やがて、父上の前に私《わたし》たちと二百の騎馬《きば》と三百の歩兵《ほへい》が居並《いなら》ぶと、出陣《しゅつじん》の儀《ぎ》がとり行われた。

ゴンザはしっかりと顔をあげて、言上《ごんじょう》した。

「青海のお館《やかた》様。このたびのご厚情《こうじょう》、この権三郎、生涯《しょうがい》忘《わす》れません。必ず萩生を救い、羽田《はだ》軍を追いかえし、このご恩《おん》に報《むく》いるつもりでございます」

神官が進みでて一同を祓《はら》い清《きよ》め、戦勝を祈願《きがん》し、全員が神酒《みき》をひと息に飲みほすと、その杯《さかずき》を割《わ》って出陣の儀を終えた。夜明け前。私たちは「鋭《えい》、鋭、応《おう》!」と、何度も勝《か》ち鬨《どき》をあげて、隊列を組み城門《じょうもん》を出て、萩生へと向かった。

(十四)

「八《はち》の報告《ほうこく》によると、羽田《はだ》の軍はにわかの寄せ集《よあつ》めが多そうだが、それでも千五百の敵《てき》に対し、こちらはせいぜい南の砦《とりで》の城兵《じょうへい》百余人《よにん》と我《われ》ら五百の兵と騎馬《きば》。いっきに踏《ふ》みつぶす、というわけにはいかんな。まともに激突《げきとつ》すれば勝ち目はなしだ」

大兄上《おおあにうえ》が馬上からこちらをふり返りながら声をかけてきた。ゴンザがいらだたしげに答える。

「しかし、早く行きつかねば。姫《ひめ》どのの話だと、今日にでも先鋒隊《せんぽうたい》五百が砦に攻《せ》め入《い》るということだから。砦に籠《こ》もるのは大殿《おおとの》様はじめ、現役《げんえき》を離《はな》れた方たちも多く、一刻《いっこく》も持たないに違《ちが》いない」

「あせってはならぬゴンザ、おじじ様は歴戦の勇者じゃ、そうかんたんに負けはせぬ」

私《わたし》はなんとかゴンザを元気づけたくて、道々考えてきたことを進言した。

「大兄上。敵は、せまい街道《かいどう》を蛇《へび》のように一列に連なって進軍してきます。それならば、そいつらの出てくる頭を次々と叩《たた》いていけば、退散《たいさん》するのではないかしら」

「おいおい、八よ。叩《たた》いても叩いても、千五百の頭となれば骨折《ほねお》りじゃ。我《われ》らが青海《あおみ》と萩生《はぎう》の連合軍と知って、相手が引き下がればよし、さもなくばやはり城《しろ》まで退《ひ》いての籠城《ろうじょう》戦《せん》になろう。せめて、なんとか先鋒隊《せんぽうたい》と本軍を分断《ぶんだん》できれば、活路もあるのだが」

ゴンザが顔をあげた。

「それならば、俺《おれ》に考えがあります。『龍《りゅう》の道《みち》』を使おう」

「『龍の道』……ですって？」

「そうです。信隆《のぶたか》様、全軍を竜《りゅう》ヶ《が》岳《たけ》に向かわせてください！」

私《わたし》たちは萩生への街道《かいどう》をそれて、右手の山道へと分け入った。

「こんな道があったのか。ここいらはよく来ていたのに知らなかったな」

大兄上が目を丸くした。私は自分のことのように、胸《むね》を張《は》った。

「山のことにかけてはゴンザほどくわしい者はいません」

私たちはせまい山道を一列になって進んだ。竜ヶ岳のふもとを目指してまだ雪が残る険《けわ》しい道を、馬も人も苦労しながら進んだ。

「ここだ」

目の前にそびえる崖《がけ》の下に私たちはたどり着いた。一面にヤブが生《お》い茂《しげ》り、枯《か》れたツタが幾重《いくえ》にもびっしりと、崖を這《は》いあがっている。ゴンザは馬を降《お》りて山刀《やまがたな》をふるい、ヤブを切り開きはじめた。

それを見て、他の者たちもそれにならった。皆《みな》の手でまたたく間にヤブとツタが払《はら》われると、そこにはぽっかりと大きな口を開けた『龍の道』が現《あらわ》れた。

一同の口から「おお！」と感嘆《かんたん》の声がもれた。

「これは深い洞窟《どうくつ》のようじゃが、これで夏草が生《お》い茂《しげ》ればだれもここに入り口があるとは気づくまい。道というからには出口があるのだろうな」

ゴンザが説明する。

「竜ヶ岳は本当は、火の山なのだ。それが大昔に噴火《ふんか》したときに、流れだした溶岩流《ようがんりゅう》が山の土を焼きながら中腹《ちゅうふく》を突《つ》き抜《ぬ》けた、その跡《あと》なのだそうだ」

「驚《おどろ》いた。いくら山の物知りといっても、どうしてそんなことまで知っていたの？」

私《わたし》が問うと、ゴンザはまじめな顔で答えた。

「山のクマさんに聞いた」

長い年月の間に溶岩は冷えてちぢみ、固まって、できた空洞はなるほど〝龍が通り抜けた〟と思わせるに十分なほど広く、真っ暗なほら穴《あな》がずっと奥《おく》まで続いているようだった。

「信隆様にはここから百五十騎《き》と歩兵《ほへい》を率《ひき》いてこの道を行っていただきたい」

ゴンザの言葉に大兄上が目をむいた。

「ここを通れというのか？」

「大丈夫《だいじょうぶ》。中は案外と広くて、馬を引いていけば通ることができる。そしてこの『龍の道』を行けば、竜ヶ岳の向こうを巡《めぐ》る街道《かいどう》の上に出られる」

「……なるほど、それはつまり進軍してくる羽田軍の蛇《へび》の横腹《よこばら》をつき、分断《ぶんだん》するというわけだな」

ゴンザが大きくうなずいた。大兄上もニヤリと笑った。

「萩生には思いがけぬ策士《さくし》がいたものだ。おまえが下男というのはまことか？　……よし、おもしろい。やってみようではないか。それでおまえはどうするのだ？」

「俺《おれ》はのこり五十騎を預《あず》かって、このまま急いで山を下り、まっすぐに砦《とりで》に向かう。今ごろはもう敵《てき》の先鋒《せんぽう》が砦にせまっているかもしれない」

そこで大兄上たちは松明《たいまつ》を灯《とも》し、洞穴《どうけつ》の闇《やみ》におびえる馬たちをなだめながら、山腹《さんぷく》のほら穴に入っていった。私《わたし》とゴンザはそれを見届《みとど》けて、山を下った。黒地に白い三つうろこの旗印を背負《せお》った五十騎が、それに従《したが》う。

またしても強行軍で、私《わたし》にはとてもきつかった。

「大丈夫《だいじょうぶ》か？　無理はするな、姫《ひめ》どの。ここから引き返してもいいんだぞ」

ゴンザは思いつめた顔でひたすら先を急いでいたが、それでも時々ふり返っては声をかけてきた。私はちっとも大丈夫ではなかったが、笑ってみせた。

「全然、平気。石ころだらけだから、馬をあやつるのが忙《いそが》しいだけよ」

なにしろ、絶対《ぜったい》足手まといにならない、と言った手前、弱音を吐《は》くわけにはいかない。

しかし実際《じっさい》、もうお尻《しり》が鞍《くら》ずれをおこしそうだったし、馬も山の登り下りにつれてひどく揺《ゆ》れる。私はタヨが「お守り代わりに」と首にかけてくれた数珠《じゅず》も邪魔《じゃま》になり、むしり取ってふところにねじこんだ。さてこれで先を急ごう、と進みかけたときだった。

前方でなにごとか起きたらしく、ススキを急がせていくと、先行していた偵察《ていさつ》の者が怪《あや》しい男を捕《と》らえた、と言うのだ。

「こやつがひとりで山中をウロウロとしておったもので」

見ると、頭の先からつま先までドロドロの男である。それでも腰《こし》に大小二本の刀をさしているので、武士《ぶし》なのだろう。

「放せ、この無礼者！　きさまら青海のやつらだな？　くそ！　青海が羽田と組んだというのは本当だったのだな。放せ！　捕らわれるくらいなら切腹《せっぷく》して果ててやる！」

えっ？　……もしや、この声は……。

「小兵太《こへいた》どの!?」


するると男も顔をあげてこちらを見た。

「……姫《ひめ》どの？　やっ、それにそっちはゴンザか!?　どうしたのだ？　いや、するとこいつら青海の者は……援軍《えんぐん》なのか？」

小兵太どののはどこをどう転がったのか、着物は破《やぶ》れ、泥《どろ》だらけで見るかげもない。

「小兵太どの。あれから城《しろ》に戻《もど》ったんじゃないのか？　いったいどうして？」

「そっちこそ、ゴンザ。そのなりはどうしたことだ。とても下男には見えん。おまえ、まるで生まれながらの武士《ぶし》のようじゃ」

小兵太どのは細い目を精一杯《せいいっぱい》見ひらいて、ゴンザを見つめた。

「ふうむ。これは俺《おれ》の近眼《きんがん》のせいではない。おまえは本当にどこかの若殿様《わかとの》に見えるよ。ゴンザ、おまえってやつはまったくナゾなやつだなあ。しかしすごい！　狐《きつね》ゴンザよ、おまえ本当によくも、キツネみたいに化けたもんだなあ！」

私《わたし》たちがざっと今までのいきさつを話すと、小兵太どのは今度は目をうるませた。

「そうかゴンザ。大殿様のために……。おまえって、なんてやつだ！　いくらお慕《した》いする

お方のためだって、人間ふつう、そこまではできないものだ」

ゴンザはふっと笑って、それから真顔に戻《もど》るとこう言った。

「『義《ぎ》を見てせざるは勇無《ゆうな》きなり』、と教えてくれたのは小兵太どのではないか。それで、俺《おれ》は人間としてしなければならないことをするのだ」

ゴンザの素直《すなお》でまっすぐなまなざしに、私《わたし》も小兵太どのも打たれた。

そうだ、私たちの手で萩生を、おじじ様を救うのだ！　私たちはしっかりと手を取りあった。

「ところで小兵太どのは、あれからまっすぐ山を下ったのではなかったの？」

「そうしたとも。おい、おまえもたいがい適当《てきとう》なやつだな、ゴンザ。あれからクマも斥候《せっこう》隊《たい》のやつらも戻ってこないのを確《たし》かめて、おまえの言うとおり素直に山を下ったさ。俺は山のことなんか知らないし、なにしろこの目だ。水音だけを頼《たよ》りに、下っていったんだ。そうしたらさ、どこに出たと思う？　あの龍神川《りゅうじんがわ》のつり橋のところだったのさ」

「つり橋？　あの街道《かいどう》から萩生側にかかっているつり橋か？」

「ああ、あれがないと萩生へは山すそを大きくまわりこまなきゃ入れないだろう？　時間短縮《たんしゅく》を狙《ねら》えば、どうしたってあの橋を通るだろ？　でも俺がそこへ行ったとき、まだ羽田の軍はそこまで来ていなかった。だから俺は、あのつり橋を切って落としてやったのよ！」

「えっ、ひとりで？　小兵太どの、ひとりでつり橋を落としたですって!?」

「あたりまえだ。他にだれがおるというのだ？　橋は藤《ふじ》ヅルでがんじょうに結びあわせてあってな。切るのにえらい手こずったぞ。ほれ、*脇差《わきざし》がノコギリのようじゃ」

そう言って、小刀を抜《ぬ》いて見せてくれた。脇差はボロボロに刃《は》が欠けてもはや使いものにはならなさそうだった。小兵太どのは武士《ぶし》の魂《たましい》たる刀をナタのようにふるって、藤ヅルを断《た》ち切《き》ったのだ。

「ところが、切り落としたちょうどそのときに、向こう側に羽田の兵が現《あらわ》れてな。こっちにビュンビュン矢を射《い》かけてきた。それでやむなく、またぞろ山の中に逃《に》げこんで、ほら、俺《おれ》の目じゃ山はどこもおんなじ景色に見えて、見分けがつかない。それで、一晩中《ひとばんじゅう》さんざん迷《まよ》ってるところを……」

「私《わたし》たちと行きあわせた、と。ああ、よかった！　そのままだったら行《い》き倒《だお》れていたかも」

「まあな、しかし、あの橋が使えぬとなると敵《てき》は橋を架《か》けかえるか、あるいは遠まわりをするか。いずれにしても大幅《おおはば》に時間がかせげたってわけだ。ざまあみろ、だ！」

私もゴンザも驚《おどろ》いて思わず顔を見合わせ、それからわあっと声をあげて小兵太どのに抱《だ》

＊脇差《わきざし》――予備《よび》の刀

きついた。ゴンザも珍《めずら》しく大声で笑った。

「小兵太どの！　本当にすごいのは小兵太どのだ。つり橋を落として敵《てき》を釘《くぎ》づけにしたなんて。それも、たったひとりで！」

ゴンザと小兵太どのは肩《かた》を叩《たた》き合《あ》って一緒《いっしょ》に笑った。

「しかし、それも昨日の話だ。敵の動きが速ければ羽田が砦《とりで》に達するのはあと一刻《いっこく》とかかるまい。戦闘《せんとう》はすでに始まっているかもしれぬ。急げ！」

ゴンザも口元を引《ひ》きしめたが、急になにか思いついたように、小兵太どのに身を寄《よ》せた。

「ここで会えたのは、幸運だったと思う。小兵太どのに頼《たの》みたい。ここから城《しろ》に戻《もど》り、あの石投げの衆《しゅう》を集めて南の砦まで連れてきてくれないか」

「石投げの衆？　ああ、あの河原《かわら》での連中か？　年かさの者はみな戦《いくさ》に取られたが、まだ若《わか》いのが城に逃《に》げこんでいるはずだ」

「じゃあ、できるだけ大勢《おおぜい》連れて、南の砦近くの高台に陣取《じんど》ってくれないか」

けげんな表情《ひょうじょう》で聞いていた小兵太どのの顔が、パッと明るくなった。そして笑いが止まらぬといった顔で、「心得た！」と、青海兵のひとりの後ろに乗せてもらい、城のほうへと駆《か》け去《さ》っていった。

「ゴンザ、石投げの衆《しゅう》って、どうするつもり？」

ゴンザはそれには答えようとせず、固い表情《ひょうじょう》に戻《もど》ると、全員に騎乗《きじょう》を命じた。

私《わたし》たちはふたたび出発したが、それはもはや駆《か》け足《あし》に近かった。この山を下りた先にはおじじ様の立てこもる南の砦《とりで》がある。小兵太どのが時間をかせいでくれたにせよ、今ごろはもう戦いが始まっているかもしれない。砦にはわずか百人、敵《てき》は先鋒隊《せんぼうたい》五百。もしも時すでに遅《おそ》かったら……でも、いずれにしても私は戦うだろう。戦国の民として、武門《ぶもん》の姫《ひめ》として私はおじじ様の仇《かたき》を討《う》つために敵を倒《たお》すまでだ。

先を行くゴンザを見ると、もの言わぬうしろ姿《すがた》にも同じ決意が現《あらわ》れている。けれども、それを見て私は急に泣きたくなった。

人は、人間はそれでいい。だって長い間そうやって殺し合ってきたのだもの。でも、ゴンザは違《ちが》う……。私は馬を急がせてゴンザと並《なら》んだ。

「ゴンザ、そなたは以前、戦《いくさ》は嫌《きら》いだと言っていた。野のけものすら、食べ物があれば互《たが》いに殺し合ったりしないと。そうするのは人間だけだと。……それなのに今、ゴンザはその大嫌いな戦に行こうとしている。人ではないのに……」

小さな声でそう言うと、涙《なみだ》が止まらなくなって困《こま》った。ゴンザは手をのばして私の涙をそっとぬぐってくれると、ふっとさびしそうな笑顔《えがお》になってこう答えた。

「ありがとう姫《ひめ》どの。でも、『人にはどうしても闘《たたか》わねばならぬときがある。そのときに逃《に》げてはならぬのが武士《ぶし》だ』そう言ったのは姫どのだ。俺《おれ》は今、どうしてもその完璧《かんぺき》な武士とやらに、心の底から化けねばならぬのだ。……大切なお人のために」

「わが息子《むすこ》どもが、すべての兵を率《ひき》いて戦《いくさ》に行き、戻《もど》らぬせいで、かくなることとなった。皆《みな》にわびる」

大殿《おおとの》は、一同の前に深く頭を下げた。

砦前《とりでまえ》の広場は、すでに敵《てき》で埋《う》めつくされている。

五百人を超《こ》す羽田長盛《ながもり》軍の先鋒隊《せんぽうたい》が南の砦に押《お》しよせ、大声で開門をせまっていた。

味方はわずか百余名《よめい》。砦の者に加え、城《しろ》からは留守《るす》をあずかる年老い、引退《いんたい》した者と志願《しがん》してくれた小者たちである。

「大殿様。わしらは十分に長生きをしましたぞ。かくなるうえは、羽田のやつらに我《われ》ら萩生の手練《てだれ》の腕《うで》をたっぷりと味わわせて、死に花を咲《さ》かせましょうぞ!」

老兵のひとりが言うと、そうじゃ、そうじゃ、と口々に声があがる。大殿は微笑《ほほえ》んで、面々を見わたし、うなずいた。

「皆《みな》の気持ち、ありがたく思う。わしも皆と同じじゃ。皆、最後の一兵となろうとも、萩生の城《しろ》を、領民《りょうみん》を守るために戦おうぞ！」

全員が「応《おう》」と立ちあがり、騎乗《きじょう》した。同時に砦の櫓《やぐら》からヒョウと矢が放たれ、敵《てき》の喉笛《のどぶえ》を貫《つらぬ》き、ひとりがもんどりうって馬からころげ落ちる。それをきっかけに、いっせいに陣太鼓《じんだいこ》が打ち鳴らされ、ほら貝の音が響《ひび》く。大殿《おおとの》の采配《さいはい》がサッと振《ふ》られた。

「一兵たりとも、萩生に入れるな！」

「開門！」

門がサッと開かれ、百騎《き》が雪崩《なだれ》をうって敵に斬《き》りこんでいく。老練の戦士たちの勢《いきお》いに、敵は蹴散《けち》らされ、なぎ倒《たお》された。

しかし、時がたつにつれ、老兵たちの勢いにもかげりが見えはじめた。討《う》ち取《と》っても、討ち取っても、敵の数は限《かぎ》りなかった。ついに後方で指揮《しき》をとる大殿の間近まで敵がせまり、大殿も大槍《おおやり》をふるって応戦《おうせん》するまでに追いこまれてしまった。

大殿はひとり、またひとりと槍にかけていったが、ついに雑兵《ぞうひょう》三人に取り囲まれた。前のふたりを払《はら》っている間に、後ろのひとりが攻撃《こうげき》をしかけてくる。騎馬の戦いは、もっぱら槍で相手を馬から落とすことだ。落ちた武将《ぶしょう》を雑兵が数人がかりで仕留《しと》める。大殿の乗馬が足を狙《ねら》われ、どうっと崩《くず》れる。投げだされた大殿は、立ちあがって刀を抜《ぬ》き、そのまま四人ほど斬《き》って捨《す》てたが、背後《はいご》から槍《やり》でももを突《つ》かれ、がっくりとひざをついてしまった。疲労《ひろう》と絶望《ぜつぼう》が老将《ろうしょう》をつかんで、闇《やみ》の中に引きずりこもうとしていた。

私《わたし》たちが砦《とりで》の上の高台に達したときには、すでに戦闘《せんとう》が始まっていた。ほら貝や陣太鼓《じんだいこ》の音、うおおっという大勢《おおぜい》の叫《さけ》びが聞こえ、眼下《がんか》に南の砦を守る老兵たちが、羽田軍を相手に死力をつくして抗戦《こうせん》しているのが見てとれた。砦軍は勇猛《ゆうもう》だったが、数にまさる敵《てき》の前にじりじりと後退《こうたい》を余儀《よぎ》なくされているようだった。おじじ様はまだご無事でおられるのだろうか。

「くそっ！　遅《おそ》かったか！」

ゴンザはぶるっと身ぶるいをして歯を食いしばり、戦況《せんきょう》を見わたした。そして、援軍《えんぐん》を見返ると大声で宣言《せんげん》した。

「このまま山道を進む猶予《ゆうよ》はない。これよりこの坂を下り、萩生に加勢《かせい》する！」

その言葉に青海の兵たちも目をむいた。高台からの坂は急で、崖《がけ》といっていいくらいの傾斜《けいしゃ》である。多くの馬がしりごみして進もうとしない。ゴンザの馬でさえためらい、私のおとなしいススキにいたってはなおさらで、押《お》せど引けど、ガンとして動こうとしない。

そこでゴンザは自分の黒馬の首すじを軽く叩《たた》き、耳になにごとかささやいた。すると馬の眼《め》の光ががらりと変わり、勇みたって大きくいないて応《こた》えたではないか。

ゴンザは馬たちの間をめぐり、何頭かに同じことをした。私《わたし》のススキにも額《ひたい》に手をのせてなにか話しかけてくれた。とたんにススキの体のふるえが止まり、眼の色が変わるのを私は見た。驚《おどろ》いたことにススキは眼をつりあげ、いかにも闘志満々《とうしまんまん》の軍馬になり代わったのである。

私は馬首をめぐらせて青海軍の前に立つと、「茜《あかね》ちゃん」をかざし、叫《さけ》んだ。

「青海の姫《ひめ》として申す！　たとえ小国といえど、おめおめと大軍に屈《くっ》しはせぬぞ！　皆《みな》、我《われ》らをあなどってかかれば手ひどい火傷《やけど》をすると、羽田に思い知らせてやるのじゃ！」

一同の眼が輝《かがや》き、背《せ》すじがグッとのびた。

「我らは、姫に従《したが》う！　羽田に目にもの見せてくれようぞ！」

ゴンザは大きくうなずくと、大弓をふりかざし「参る！」と、叫ぶや、いっきに崖《がけ》を下りはじめた。青海軍も次々とゴンザに続いた。ススキまでもが軽々と崖を下ってゆく。

そうして私は、五十頭のひづめのたてるドウドウという音に包まれながら、生まれて初めての戦場《いくさば》に身を投じていった。

（十五）

私《わたし》たちはまっしぐらに戦闘《せんとう》の中に突《つ》っこんでいった。

「うおおおおおっ」と雄《お》たけびをあげながら、横手の崖《がけ》から降《ふ》るように現《あらわ》れた一群《いちぐん》の騎《き》馬武者《ばむしゃ》は、またたく間に羽田《はだ》の先鋒《せんぽう》と萩生《はぎう》の砦軍《とりでぐん》の間に割《わ》って入り、敵《てき》を押《お》しかえしはじめた。敵か味方か見分けのつかぬ混乱《こんらん》の中から、砦軍の声があがった。

「何者じゃ？　……まさか、援軍《えんぐん》か？」

「見よ！　黒地に白の三つうろこ！　あれは青海《あおみ》の軍旗じゃ。皆《みな》の衆《しゅう》！　青海が加勢《かせい》に来たのじゃ！」

「……おお！　みるみる羽田を蹴散《けち》らしていくぞ！　みごとなる働きぶりじゃ！　我《われ》らも負けてはおられぬぞ！」

砦軍にも喜色がみなぎり、活力を取《と》り戻《もど》しはじめた。

私とゴンザは、ひたすらおじじ様のもとに急いでいた。戦場《いくさば》のことは、ただ血とひどい悪臭《あくしゅう》がしたことだけしか覚えていない。

ゴンザは襲《おそ》ってくる敵《てき》を大弓で叩《たた》き落《お》とし、遠くの敵に矢を放ち、血路を開いていく。私《わたし》はそれについていくのがやっとで、むしろ愛馬ススキのほうが後《うし》ろ脚《あし》で敵を蹴《け》りとばし、嚙《か》みつき、優秀《ゆうしゅう》な戦士ぶりだった。

「大丈夫《だいじょうぶ》か、姫《ひめ》どの」

ゴンザがこっちへ向きなおった瞬間《しゅんかん》、顔色が変わった。その目線の先で、敵がひとりの老将《ろうしょう》を取り囲み、討《う》ち取《と》ろうとしていた。老将は足を引きずるようにしている。そのまわりを雑兵《ぞうひょう》どもが、小動物が傷《きず》ついた大物を狙《ねら》うように取りまき、刀をちらつかせながらその輪を縮《ちぢ》めていく。

「無念だが、これまでか」

老将・大殿《おおとの》は覚悟《かくご》を決め、最後の力をふり絞《しぼ》って立ちあがった。最後のひと太刀《たち》は敵と相討《あいう》ちと決め、刀を低く構《かま》え、ゆらめく視点《してん》を定めた。

「……ゴンザ！　早く！」

手柄《てがら》をあせって突《つ》っこんできたひとりが、ぎゃっ、とわめいてのけぞった。大殿が驚《おどろ》いて見ると、その首には矢が深々と突きたっている。

なにが起きたのか……？　目をあげると、黒馬に乗った若《わか》い射手《しゃしゅ》が、新たに矢をつがえてちらに向かって放つところだった。矢は風をきる音をたてて、またひとりの肩《かた》を射《い》ぬき、次々と敵兵《てきへい》が倒《たお》れていく。あっけにとられたまま、かろうじて太刀《たち》を杖《つえ》にして立っている大殿《おおとの》の前に、その黒馬の射手《しゃしゅ》が馬を歩ませてきた。赤の糸縅《いとおどし》の鎧兜《よろいかぶと》をつけたみごとな若武者《わかむしゃ》である。そのそばには緋《ひ》の陣羽織《じんばおり》に桜縅《さくらおどし》の具足姿《ぐそくすがた》、朱柄《あかえ》の薙刀《なぎなた》をたずさえた、まだ少女のような女武者がやはり騎乗《きじょう》して従《したが》っている。

「どなたかは存《ぞん》ぜぬが、かたじけない……」

礼を述《の》べる大殿に、騎馬武者は兜の*まびさしをわずかに押《お》しあげてみせた。

「なんと……権三郎《ごんざぶろう》!? そなたは権三郎ではないか! ……いったいこれは? それに、そこにいるのは姫《ひめ》どのか!? 援軍《えんぐん》を連れてきてくれたのじゃな」

「はい! おじじ様! よかった! 間に合うことができました!」

私《わたし》はおじじ様に駆《か》けよった。ゴンザも馬から降《お》りておじじ様の前にひざをついた。

「大殿様。俺《おれ》は……やっぱり戻《もど》ってきた。言いつけを聞かなくて……ごめん」

おじじ様は何度もうなずくと、もはや無言でしっかりとゴンザの肩を抱《だ》いた。

青海の援軍を得て萩生軍も勢《いきお》いを盛《も》りかえし、もとよりが寄《よ》せ集《あつ》めだった羽田軍は、じりじりと後退《こうたい》しはじめた。

ゴンザは負傷《ふしょう》したおじじ様を助けて、自分の馬に乗せた。

「ゴンザー！　来たぞーっ！」

と言う声に崖《がけ》の上を見あげると、五十人ほどの村のわんぱくどもを率《ひき》いた小兵太《こへいた》どのだった。子どもたちは石を入れた大きな袋《ふくろ》を腰《こし》にさげ、手に手に小さな木の盾《たて》を持っている。

「ゴンザ、おじじ様！『石投げ隊』が来ました！」

「姫《ひめ》どの、『石投げ隊』とはなんのことじゃ？　あれは中村《なかむら》の息子《むすこ》の小兵太ではないか。子どもらも、あんなところでなにをしているのだ？」

「大殿《おおとの》様。よく見てくれ。近眼《きんがん》の小兵太どのの武将《ぶしょう》ぶりを」

ゴンザは小兵太どのに向かって、大きく手をふった。

小兵太どのは目をすがめたが、やっぱりはっきりしないらしく、かたわらの少年が指さして教えている。小兵太どのはようやくうなずき、こちらを見た。

「小兵太どの！　頼《たの》む！」

小兵太どのはおもむろにうなずくと、少年たちに向かって命じた。

「用意！」

少年たちが、いっせいに石をつかみ構《かま》えを取る。

「放てーっ!!」

＊まびさし——額《ひたい》をおおう部分

とたんにバラバラと石の雨が降《ふ》ってきた。少年たちが投げるこぶし大の石は、当たればけっこう痛《いた》いし、ケガをする。ゴンザはそれをしおに退却《たいきゃく》のかけ声をかける。

「萩生の衆《しゅう》、青海の衆は砦《とりで》に入れーっ！」

「退《ひ》け、退けいっ！　みな、砦に退けいっ!!」

おじじ様も命を下す。砦に逃《に》げこもうとする両軍を追う羽田軍めがけて、雨のような投石が足止めする。際限《さいげん》なく飛んでくる石は兜《かぶと》を打ち、馬に当たって大混乱《だいこんらん》となった。

「くそ、生意気なガキめが！」

敵《てき》は崖《がけ》の上を狙《ねら》って矢を放つが、子どもたちは上手に盾《たて》のかげに隠《かく》れてまた石を投げてくる。ついにたまらず地にふせ、頭をかばってその場に釘《くぎ》づけとなった。

そして後方の、まだ無傷《むきず》でいる敵からも混乱《こんらん》とどよめきの声があがった。遠い雷鳴《らいめい》のようなとどろきとともに姿《すがた》を現《あらわ》したのは、『龍《りゅう》の道《みち》』を抜《ぬ》けた大兄上《おおあにうえ》の騎馬隊《きばたい》だった。大兄上は、一本道を進軍してくる羽田軍の横腹《よこばら》を突《つ》き、本隊と先鋒隊《せんぼうたい》を分断《ぶんだん》し、逆《ぎゃく》に砦に向かって進んできたのだった。砦からは喚声《かんせい》があがった。

「黒地に三つうろこじゃ！　またもや青海の援軍《えんぐん》じゃ！」

はさみ撃《う》ちになり、逃げ場を失って地にふせたままの羽田軍を、大兄上が蹴散《けち》らし、ひづめにかける。敵はたまらず、四散して退却するしかなかった。

「やった！　みごとだわ。小兵太どのの作戦は！」

私《わたし》が感心しきって言うと、おじじ様もあきれながら笑った。

「まったく愉快《ゆかい》な手柄《てがら》じゃ。子どもだましに見えて案外使える作戦じゃな。あの小兵太とやらは、確《たし》か近眼《きんがん》ゆえ武士《ぶし》は無理じゃ、と父親が言っていた子ではなかったかの？　いやはや、たいした大将《たいしょう》じゃわい」

それを聞いてゴンザがにっこりと笑った。


そうして萩生軍と青海軍の全員が砦《とりで》に入り、皆《みな》がようやくひと息をついた。

おじじ様はまず、青海の大兄上に深々と頭を下げ、礼を述《の》べた。

「砦の一同、しわ首を取られても城《しろ》を守るつもりでござったが、援軍《えんぐん》かたじけない。礼を申す」

それからゴンザを見てその両手を取り、上から下までとっくりとながめた。

「……権三郎！　なぜ戻《もど》ってきたのじゃ。この馬鹿者《ばかもの》めが！　わざわざ死にに参ったか！」

しかし、怒鳴《どな》りつけたその言葉とはうらはらに、おじじ様の目はうるみ、腕《うで》はしっかりとゴンザを抱《だ》きしめていた。

「俺《おれ》はどうしても大殿様《おおとの》に会いたかった。一緒《いっしょ》にいて守りたいと、戦いたいと思った。俺を……この世にとどめてくれた大殿様に、生きてほしかった」

ゴンザはおじじ様のさらにやせ細った体をそっと抱《だ》いた。その目にも光る涙《なみだ》があった。

砦《とりで》の人々は皆《みな》、援軍《えんぐん》を率《ひき》いてきた若武者《わかむしゃ》がゴンザだと知って驚《おどろ》いた。

「驚いたのう。あれが下男だった〝狐《きつね》ゴンザ〟とは」

「わしはまだ見ているものが信じられん。あの武者ぶりもものごしも、どこぞの若君のようではないか」

「しかも、あの勇猛《ゆうもう》な戦いぶり、実にみごとであった」

驚きは賞賛《しょうさん》に変わっていった。

「だれがこのような勝利を思うたであろう。すべては援軍を導《みちび》いてくれたそなたのおかげじゃ。礼を申す。青海の姫《ひめ》よ、そなたがこの勝利をもたらした。そなたこそ勝利の女神《めがみ》じゃ」

おじじ様は、そう言って私《わたし》を抱きしめた。胸《むね》がいっぱいになった。

「そうじゃ、青海の姫どのが勝《か》ち戦《いくさ》の女神じゃ！」と、だれかが言った。すると次々に、「青海の姫は勝利の神じゃ！」「勝利の女神じゃ！」と、声があがり、とうとう私はだれかに持ちあげられ肩《かた》にかつがれた。皆がそのまわりを取り囲み、万歳《ばんざい》、万歳、と、まるでお神輿《みこし》をかつぐように人垣《ひとがき》がぐるぐると回って踊《おど》った。

おじじ様もゴンザも、大兄上も笑いながら見ていた。私《わたし》だけはぐるぐる回されて気分が悪くなったけれども。

（十六）

砦《とりで》は守りきれたものの、我《われ》に返ってあらためて砦の外を見ると、そこにはゾッとするような戦場《いくさば》の現実《げんじつ》が広がっていた。

夕闇《ゆうやみ》に包まれようとしている野辺には、破《やぶ》られ踏《ふ》みにじられた両軍の旗。折れた刀や槍《やり》、弓矢が突《つ》き立《た》ち、泥《どろ》と血にまみれた無数の死体も多く放置されている。あちこちに兵が動きまわって、手を合わせては、死にきれずにいる者にとどめを刺《さ》してまわっている。

これが実際《じっさい》の戦なのだ。私《わたし》は吐《は》き気《け》をこらえることができなかった。その目を大きな手がそっとおおった。いつの間にか大兄上《おおあにうえ》がそばに来ていて、背中《せなか》をなでてくれていた。

「八《はち》よ、ようやったな。よう初陣《ういじん》をつとめた。おまえのことだ、命を落とすようなことはあるまいと思ったが、それでも万一のことがあったら俺《おれ》が父上に殺されるところだった」

そう言って、胸《むね》の中にすっぽりと包みこんでくれた。大兄上からはなつかしい海の匂《にお》いがした。私は青海《あおみ》に帰りたい、と強烈《きょうれつ》に思った。

もう、戦など二度と嫌《いや》だ！

子どもたちと負傷者《ふしょうしゃ》は今のうちに城《しろ》へ戻《もど》すこととした。

小兵太《こへいた》どのも大手柄《おおてがら》をたてたというので、おじじ様からほめられて上機嫌《じょうきげん》だった。

そこへ城からの早馬が到着《とうちゃく》した。

「申しあげます。実は……、良くない知らせでございます。小沢《おざわ》より城に使いが来て、お館《やかた》様、忠光《ただみつ》様が戦地にて亡《な》くなられたと……」

「……なんと！　忠光までもが！」

お館様の負傷は重いと聞いてはいたが、結局、回復《かいふく》せぬままに亡くなったということだった。この戦《いくさ》で萩生《はぎう》は領主《りょうしゅ》を失い、おじじ様は息子《むすこ》ふたりを失い、萩生氏の血筋《ちすじ》もこれで絶《た》えてしまうということになる。私《わたし》はおじじ様の気持ちを思うと、なんと声をかけたらいいのかわからなかった。

「そして、もうひとつ……。知らせを受けた奥方《おくがた》様が、手の者を連れて、ご実家の小沢に戻ってしまわれました」

「なんですって⁉　奥方様がいなければ城の責任者《せきにんしゃ》がいなくなるではないか。よくもそんな無責任なことを！」

憤《いきどお》る私を、おじじ様は制《せい》した。

「……愚《おろ》かなことじゃ。小沢に戻《もど》ったとて、実家は羽田《はだ》との苦戦中に変わりはあるまいに。よりひどいことにならぬことを祈《いの》ろう。それで、息子《むすこ》どもが連れていった兵士はどのくらい残っておるのだ？　萩生に戻るのはいつになるのか？」

「兵をまとめる者がいないうえ、小沢様の引きとめがあったようでございます。お館《やかた》様が亡《な》くなった今は侍 大将《さむらいだいしょう》がまとめ、国に急ぎ戻ると……。それでも一両日はかかると思われます」

一同の間から嘆息《たんそく》がもれた。

「一両日じゃと？　それではとうてい間に合わぬ。我《われ》らだけでは、これ以上は持ちこたえられぬ」

「我らはとりあえず敵《てき》を掃討《そうとう》しました。しかし先鋒《せんぽう》をつぶしても、まだ千の本隊が残っております。敵が我らの連合を知り、ここであきらめて引き返せばよし。向かってくれば、砦《とりで》は一刻《いっこく》と持ちますまい」

その夜の軍議で大兄上が進言した。要はどこで砦を明けわたすか、ということである。年少である私《わたし》とゴンザ、小兵太どのは軍議には加われず、外でひざを抱《かか》えながら聞いているだけだった。

だれの目にも絶望感《ぜつぼうかん》があった。

「城《しろ》まで退《ひ》いて戦うべきではないか？」

「奇襲《きしゅう》をかけて出鼻をくじく」

ぽつぽつと意見も出されたが、だれもそれを心から信じているわけではなかった。

おじじ様は目を閉《と》じ、無言で聞いていたが、やがて首をふり、答えを出した。

「なにをしても一時はしのげようが、しょせん萩生の滅亡《めつぼう》は避《さ》けられぬ。城に使いを出し、領民《りょうみん》を脱出《だっしゅつ》させよ。その時間をかせぐために、我《われ》らはここで討《う》ち死《じ》にしようぞ。青海どのもこれまでで、国に戻《もど》られたい」

この言葉に、顔色を変えたゴンザが中へ入っていった。疲《つか》れのあまりウトウトしていた私《わたし》も、あわてて後を追った。

「おじじ様！　そんなことを言わないでください。きっとまだなにか手だてがあるはずです。萩生を救う手だてが！」

「姫《ひめ》どの。息子《むすこ》ども亡《な》き今、家は断絶《だんぜつ》した。最終、わしが腹《はら》を切ればこの戦《いくさ》はしまいじゃ。残る者は死なずにすむ。これは戦国乱世《らんせい》にてはいたしかたなきことじゃ。後は神仏《しんぶつ》にでもお任《まか》せするしかあるまい」

おじじ様はそう言いさすと、そのまま黙《だま》りこみ深く考えこんでいるようだったが、目をあげると、ゴンザを手招《てまね》きして呼《よ》びよせた。

「頼《たの》みがある。権三郎《ごんざぶろう》よ、わしを竜ヶ岳《りゅうがたけ》の祠《ほこら》に連れていってはくれぬか」

私《わたし》もゴンザも驚《おどろ》いた。

「なりません、おじじ様！　そのお体で竜ヶ岳に登るなど無理です！　だいたいなんのために今、竜ヶ岳に？」

おじじ様の足の傷《きず》は深く、今も半身を物にもたせかけて座《すわ》っているのがやっとだった。

「時間がないのじゃ。わしはどうしても行かねばならぬ。萩生の領主《りょうしゅ》として、山に登り、龍《りゅう》に会って願わねばならぬのだ。萩生の地を、民《たみ》を守るために」

龍!?　あの昔話の……伝説にすぎない龍のことを言っているのか？　こんなときにあんなたわいもない昔話を持ちだすとは、おじじ様は本当にどうかなさったのでは？

「さよう、言い伝えがあるのじゃ。萩生の庄《しょう》が存亡《そんぼう》の危機《きき》にあるとき、領主は水晶《すいしょう》をたずさえてその存亡を龍にたずねよ、とな。今がそのときじゃ。それゆえ、わしはなんとしても、龍神に会わねばならぬ。これが先祖《せんぞ》代々伝わる、その水晶じゃ」

おじじ様はふところから錦《にしき》の袋《ふくろ》を取りだすと、中身を見せてくれた。それは*さしわたし三寸《ずん》ほどの大きさの水晶玉だった。

「おじじ様！　それでは私が参ります。おじじ様に代わって！」

おじじ様は私《わたし》の言葉にすこし驚《おどろ》いたようだったが、さびしげに微笑《ほほえ》んで答えた。

「いいや、姫《ひめ》どの、それはできぬ。龍《りゅう》に頼《たの》めるのは萩生の者でなければならぬのだ。そなたは青海の姫、龍には会えぬ」

「それではゴンザと一緒《いっしょ》に行きます。ゴンザは萩生の者です。ゴンザ、行ってくれるな？」

私は当然ゴンザがうなずいてくれるものとふり向いた。ところがなぜか、ゴンザは顔をふせ、苦し気に首をふるのだった。

「どうして？　ゴンザ、そなたならおじじ様のために行ってくれるものと……」

「許《ゆる》してくれ。竜ヶ岳に登れば、俺《おれ》は……俺でなくなってしまうのだ」

ゴンザの表情《ひょうじょう》は硬《かた》く、こちらを見ようとしなかった。どういう意味かはわからなかったが、私はゴンザが怖気《おじけ》づいたのかと、腹立《はらだ》たしかった。

「それではもういい。わかった、臆病者《おくびょうもの》！　それなら私ひとりで行く！」

席を蹴《け》って立ち去ろうとした。

そのとき、見張《みは》りの者が櫓《やぐら》の上から大声をあげた。

「南の森の方角が明るくなっております。羽田が火を放ったものと思われます！」

＊さしわたし三寸《ずん》——直径約九センチメートル

見ると南の空が赤く、煙《けむり》らしきものも漂《ただよ》っている。

「おのれ！　やつらは野火を放ったぞ！」

雪が解《と》け、乾燥《かんそう》しきった枯《か》れ草《くさ》や木々が燃《も》えあがっている。風は向かい風、野火は山を焼きつつ、砦《とりで》に向かってくるのだ。

一同が立ちあがった。

「やつら、我《われ》らをいぶしだすつもりだ！　我らを砦から城《しろ》に後退《こうたい》させ、いっきに城ごと落とそうというのじゃ！　そうはさせるか！」

「城に使いを！　領民《りょうみん》を城から逃《の》がし、我らは砦を枕《まくら》に討《う》ち死《じ》にするまでじゃ！」

そう口々に叫《さけ》びながら、いっせいに準備《じゅんび》にかかった。

私《わたし》も外に出て、赤く染《そ》まった夜空を見あげた。

ふと横を見ると、ゴンザも砦の柵《さく》の前にひとり立って、南の空を見ている。禍々《まがまが》しい赤い光が、暗がりに立つその半身を映《うつ》しだしている。あの空の下では彼《かれ》の愛する山々が焼かれているのだ。美しい春を迎《むか》えようとしている森が、けものたちが恐《おそ》れと苦しみの声をあげている。

ゴンザの固く握《にぎ》りしめたこぶしが、白くなっている。

私は初めて、ゴンザの激《はげ》しい怒《いか》りの表情《ひょうじょう》を見た。

ゴンザは身をひるがえして中に戻《もど》ると、おじじ様の手から水晶玉《すいしょうだま》の入った錦《にしき》の袋《ふくろ》を取った。その眼《め》には強い光があった。

「やっぱり俺《おれ》が行く。俺は萩生の山里を救えるのなら、この身はどうなろうとかまわない。俺が祠《ほこら》に行き、龍《りゅう》に会ってたずねよう。そしてその後は、どんなことになっていようと、必ず大殿《おおとの》様のおそばに帰ってくる」

おじじ様はゴンザをじっと見つめていた。そしてその手を強く握《にぎ》ると、意を決した様子で、よろめきながらも立ちあがった。

「皆《みな》の者！　よく聞け！」

皆がいっせいにふり向き、その場にひざをついてかしこまった。

「知ってのとおり、わしの実の息子《むすこ》どもはふたりながらに失われた。奥方《おくがた》は家を捨《す》てた。もはや萩生の家を継《つ》ぐ血筋《ちすじ》の者はおらぬ。そこでわしはわが跡《あと》を、この権三郎に継がせようと思う。わしは……権三郎をわが養子とする！」

一同はざわめいた。この期《ご》におよんで、大殿様はどうかしてしまったのではなかろうか。若《わか》い日から仕えてきた、年老いた家臣がひとり立ちあがり、口を開いた。

「大殿様、いかにお家が断絶寸前《だんぜつすんぜん》であろうと、いやしき下男を大殿様のご養子とは、それではゴンザめを萩生家の跡継《あとつ》ぎとなさるおつもりですか？」

「さようでござる、そのようなこと、前代未聞《ぜんだいみもん》でござる。お考えなおしを」

とまどいを隠《かく》せず、家来たちの間から口々に声があがる。

しかし、おじじ様は体をまっすぐに起こし、一同をしっかりと見据《みす》えた。

「皆《みな》がそのように思うのも無理はない。しかし、この権三郎がいかにして我《われ》らを救ってくれたか知っておるであろう。また、いかに優《すぐ》れた侍《さむらい》であるかも見たであろう。わしは今この権三郎に、滅《ほろ》びゆく萩生の最後の望みを託《たく》した。もしも、みごとつとめを果たしたなら、萩生が救われたならば、この者をわが息子《むすこ》として、跡継ぎとして迎《むか》えてやってくれ」

家来一同は信じられぬ面持《おもも》ちで聞いていたが、おじじ様の真剣《しんけん》な表情《ひょうじょう》を見て、先ほどの老臣が、からからと笑いながら応《おう》じた。

「わかり申した。死を覚悟《かくご》した身には、いっそ清々《すがすが》しい話でござる。いかにも……大殿《おおとの》様のおおせに我らは従《したが》いましょうぞ。我らがここまで戦う気になったのは、みな大殿様への信頼《しんらい》からでござる。そのご判断《はんだん》を疑《うたが》う者はござりませぬ。しかも下男の身でありながら、ここまで大殿様に忠義《ちゅうぎ》をつくす姿《すがた》を見ては。いや、まことの親子以上でござる。ゴンザがまこと萩生を救ったならば、……我らが討《う》ち死《じ》にをまぬかれて生きてあれば、喜んで権三郎どのを*嗣子《しし》として、お迎えいたす！」

その言葉に、一同はおじじ様とゴンザの前に手をつき、深々と頭を下げて、臣下の礼をとった。

ゴンザもまた手をつき、家臣一同に礼を返した。

「権三郎よ、これでそなたは萩生の領主《りょうしゅ》となる資格《しかく》を得た。……もっともこれは、ずっと以前からわしの望みではあったが。これでそなたは龍《りゅう》に会う資格を持ったのじゃ。頼《たの》んだぞ、つとめを果たし、必ず無事でこの年寄《としよ》りのもとに戻《もど》るのじゃ」

ゴンザはもはや無言で一礼して立ちあがった。門をめがけて走りながら、重たい鎧《よろい》を次々と脱《ぬ》ぎ捨《す》てていく。

「待って！　ゴンザ！　私《わたし》も行く！」

私も胴丸《どうまる》をはぎ、身軽になってゴンザを追おうとした。その私を大兄上信隆《のぶたか》が引きとめた。

「どこへ行こうというのだ？　おまえはここを出て父上のもとに戻れ！」

私は愛する兄の顔を見た。一瞬《いっしゅん》なつかしい故郷《こきょう》を、家族の顔が心を占《し》めた。

ゴンザが走りながらピュッと口笛を鳴らした。あの黒いゴンザの馬がいななきながら走ってきた。……ゴンザが行ってしまう！

＊嗣子《しし》——跡取《あとと》りの子

「ごめんなさい、大兄上！　父上やみんなに、元気でって、愛してるって、伝えて！」

私《わたし》は大兄上の手をふりほどいて、馬に乗り駆《か》け去《さ》ろうとするゴンザのひざのあたりにすがりつき、夢中《むちゅう》で鞍《くら》に手をかけてゴンザの後ろにまたがった。ゴンザは一瞬《いっしゅん》驚《おどろ》いたが、ふり向いて、しっかりと私の目の奥《おく》をのぞきこんだ。そして微笑《ほほえ》み、うなずいた。

「……姫《ひめ》どの、おまえがいてくれたほうがうれしい」

そうして馬首をめぐらせると砦《とりで》の門へと向かった。


すでにこのあたりまで野火の煙《けむり》がかすかに感じられる。

門を出ようとしたとき、混乱《こんらん》しごったがえす人々の中から声がかかった。

「やあ！　ゴンザ！　姫どのとふたりしてどこへ行くのじゃ!?」

「小兵太どの、私たちこれから竜ヶ岳に登るのよ」

「竜ヶ岳だと？　今のこの時期に？　馬鹿《ばか》はやめろ。絶対《ぜったい》に死ぬぞ！　いや、おまえたちが行くなら俺《おれ》も一緒《いっしょ》だ！」

ゴンザは首をふった。

「小兵太どの、ありがとう。今まで俺を友達として信じてくれて。俺は、小兵太どののがとても好きだった。小兵太どのは……良き人だ」

小兵太どのもじっとゴンザを見つめた。

「……やっぱりおまえ、ただ者じゃないのだなあ。俺《おれ》の近眼《きんがん》の見まちがいでなければ、おまえはまこと〝狐《きつね》ゴンザ〟なのだ。だけど、ゴンザよ。おまえがなんであっても、俺はおまえが大好きだ。これまでも、……これからも！」

私《わたし》は胸《むね》が熱くなった。小兵太どのは「煙《けむり》のせいだ」と言いながら、ゴシゴシと目をこすった。ゴンザの目もうるんでいる。小兵太どのは気がついて、腰《こし》にまいていたナワを取って私に放り投げてきた。

「持っていけ。なにかの役にたつじゃろう」

「ありがとう！　小兵太どの、元気で！」

そうして馬を返すと、黒影《こくえい》となった山々をおおって、視界《しかい》いっぱいに赤く染《そ》まった空が広がった。黒馬は一瞬《いっしゅん》おびえたように足踏《あしぶ》みをしたが、ゴンザが励《はげ》ますようにささやくと、意を決したようになめらかに走りだした。

ふり返ると、「がんばれよ！」と手をふりまわしている小兵太どのの姿《すがた》が、みるみる小さく、遠ざかっていくのが見えた。

馬は私たちを乗せて疾走《しっそう》した。せまりくる火炎《かえん》の前で身をよじり、うめき声をあげている森を横切り、私《わたし》たちは竜ヶ岳を目指した。すでに紅蓮《ぐれん》の炎《ほのお》がごうごうと夜空を焦《こ》がし、バチバチと木のはぜる音とともに、野火は舐《な》めるように萩生の山々に広がっていく。

もはや一刻《いっこく》を争っていた。

（十七）

竜ヶ岳《りゅうがたけ》にさしかかると、山すその森にもすでに煙《けむり》が漂《ただよ》いはじめていた。

シカやイノシシ、足元には小さな野ネズミ、虫にいたるまで、多くの動物たちが火災《かさい》を避《さ》けていっせいに移動《いどう》していくのがわかった。いつもは狙《ねら》い、狙われるもの同士が、今はいっさいの争いもなく、流れるように一方向を目指して逃《のが》れていく。もちろん私《わたし》たちに目をくれるものもない。

空には多くの鳥たちが、夜だというのに鳴《な》き交《か》わしながら飛びまわっている。

「巣を野火の中に残しているものもいるのだ。鳥のヒナが生まれるのはもうすこし先だから、まだマシかな」

ゴンザがぽつりと言った。そういえば、砦《とりで》を出てから私たちはほとんど口をきいていなかった。

「ゴンザはやはり、けものが気になるのだな。そなたは山の主《あるじ》だものな」

ゴンザがふっと苦笑いをした。

「……まあ、いわば山を管理するのが俺《おれ》の仕事だったからな。こんなことになったのは、俺が人間と関《かか》わりを持ってしまったためかもしれない。そう思うと、たまらない」

「そんなの、山に火をつけたのは敵《てき》だ！　ゴンザのせいではない」

「確《たし》かに自然の中にも野火はある。だがこれは人間によって作られた災害《さいがい》だ。俺が悔《く》やむのは俺が人間になることに夢中《むちゅう》になって、これを予知できなかったことなのだ」

「それはどういう意味？　ゴンザは妖狐《ようこ》にすぎぬであろう？　そのようなことまで責《せき》を負うというのか？」

黒馬はびっしりと汗《あせ》をかき、荒《あら》い息を吐《は》きながら山道を登っていった。


「……あの萩生《はぎう》の城《しろ》の立つ山は、昔は稲荷山《いなりやま》と呼《よ》ばれていた」

しばらくの沈黙《ちんもく》の後、ゴンザがまたぽつりと言った。

「昔、まだ萩生の庄《しょう》ができるずっと前のことだ。小さな祠《ほこら》があって、俺はそこにいたのだ」

「えっ？　ゴンザは祠……って？　そこに棲《す》みついていたキツネということなのか？」

ゴンザはすこしふり向いて、また苦笑《くしょう》した。

「違《ちが》う。祀《まつ》られていたのだ」

驚《おどろ》きのあまり、私《わたし》は危《あや》うく鞍《くら》からずり落ちそうになった。

「な、なにを言うのじゃ！　祀《まつ》られてということは、それではそなたは妖狐《ようこ》ではなく、神様ということ？　そんな、うそ！　こんなときに妙《みょう》な冗談《じょうだん》を申すな！」

ゴンザは後ろに手を回して、私を引っぱりあげながら、続けた。

「おまえがなんと思おうとかまわないが、……俺《おれ》はまあつまり、そこいらの土地神ってやつだな。けど、城《しろ》が造られたりいろいろ土地が変わっていく中で、いつしか祠《ほこら》は忘《わす》れ去《さ》られ、祠自体も土や落ち葉に埋《う》もれて……俺はそこにいられなくなったんだ。神ってそういうものなんだよ。それで、俺は長いこと姿《すがた》を取らないまま、空気みたいにそのへんを漂《ただよ》っていたのさ」

胸《むね》がドキドキした。ゴンザがうそをついているとは思えなかった。でも……。

「信じられなければ、それでもいい」

ゴンザはもう、ひとりごとのように話しだした。

「ところがある日、小さな子どもが裏山《うらやま》で遊ぶうちに、ひょっと俺の祠が埋もれているのを見つけたのさ。その子は小さな手でていねいに祠の土を掻《か》きだし、木の葉をはらって、野の花を供《そな》えて拝《おが》んでくれたんだ。俺は驚いたね。だってもう何十年もそんなことをしてくれる人間なんかいなかったから。けど、それからも時々、その子どもは水や酒、塩やタマゴなんかも供《そな》えてくれたっけ。今じゃ本人も覚えていないだろうけど……その子が今の大殿様《おおとの》なんだ」

「……あっ！」

そうだったのか。それで土地神のゴンザはおじじ様を……その子が成人し、やがて老人になるまで、ずっと見守り続けてきたのだろう。戦《いくさ》に疲《つか》れ、孤独《こどく》となったおじじ様のために人の姿《すがた》となって、守りなぐさめてきた。そして今はその人のために、あれほど嫌《きら》い憎《にく》んでいた戦に加わり、命がけで救おうとしている。ゴンザのやさしさのありかがわかったような気がした。そして、不思議に思えていたなにもかもが、ゴンザの神力《しんりき》だったのだと得心できた。

後ろからギュッとゴンザにしがみついた。

「私《わたし》は信じる。ゴンザ、そなたくらいだ。そんなやさしい神様！」

これ以上馬では進めないというところまで来ると、私たちは馬を降《お》りて馬具を外し、馬を自由にしてやった。黒馬はうれしそうにゴンザに向かって目をふせると、ふもと目指して駆《か》け去《さ》った。

私たちは登りはじめた。幸い今夜は満月で視界《しかい》は開けているが、竜ヶ岳は小兵太《こへいた》どのが

「絶対死《ぜったい》ぬぞ」と言ったのが、決して誇張《こちょう》ではないほど峻険《しゅんけん》な山だった。

竜ヶ岳は途中《とちゅう》までは森や茂《しげ》みに囲まれているものの、中腹《ちゅうふく》からは石ころや岩場の難所《なんしょ》続きである。しかも頂上《ちょうじょう》付近は、今もまだ残雪が深い。私《わたし》たちは寒さでかじかんだ手で岩をつかみ、くたびれきった体を岩に押《お》しあげるように登らなければならなかった。もはや、ふたりとも無言だった。足元がふらついた。

ゴンザが心配そうにふり返る。

「平気だ、私のことは心配するな。龍《りゅう》に会えるというのに、力尽《ちからつ》きておられぬ」

そう答えたが、じつのところ私の疲労《ひろう》は極限に達し、地面をふむ足さえ現実感《げんじつかん》のない、ふわふわと頼《たよ》りないものになっていたのだった。


小石や岩ばかりのガレ場を、一歩一歩慎重《しんちょう》に進んでいるときだった。私はうっかりと足元の石ころをはねあげてしまった。石はカラカラとかわいた音を立てて、二、三度はねながら落ちていくと、急に大きくはずんで山の闇《やみ》の中へと消えていった。真っ暗な闇のかなたから、その音だけがカーン、カーン、といつまでも響《ひび》いてくる。いったいどこまで落ちていったのだろうと思うと、ゾッと鳥肌《とりはだ》が立った。

「大丈夫《だいじょうぶ》か、姫《ひめ》どの。ここは落石が多いからできるだけ早く抜《ぬ》けよう」

そういうゴンザの顔もやや青ざめて、疲《つか》れきって見える。

「だ、大丈夫《だいじょうぶ》。それよりゴンザこそ」

ゴンザはかぶりをふって微笑《ほほえ》んでくれたが、その笑顔さえ苦しげだった。ふと、ゴンザの眼《め》がいつかのように、けもののような光を放っているのに気づいた。

「ゴンザ、その眼……？」

ゴンザは、ハッと顔をそむけた。

「……いや。実は、この山に入ってから、ずっと……苦しいのだ。俺《おれ》は……この……姿《すがた》をたもっているのが難《むずか》しくなっているんだ」

「それは、どういうこと？　姿をたもてない……って？」

「竜ヶ岳は霊山《れいざん》なのだ。龍《りゅう》の気が満ちあふれている。ここではすべての魔力《まりょく》、霊力が失われるんだ。俺の魔法も解《と》けてしまう」

ゴンザ！　そうか、私《わたし》が竜ヶ岳についてきてくれと頼《たの》んだときしぶったのは、ゴンザがゴンザでなくなるとは、そういう意味だったのだ。それなのに私は臆病者《おくびょうもの》と決めつけていた。

「悪かった！　それならば無理をするな！　そんなに苦しいのなら、私はそなたがどんな姿になったって平気だ。キツネの姿だって何度も見てるんだし、どんな姿でいたって、ゴンザはゴンザだもの！」

ゴンザはその言葉に強くかぶりをふった。

「だめだ！　人間の姿《すがた》を取っていないと、俺《おれ》はおまえを守ることができなくなる。キツネになっても、なんの術《じゅつ》も使えない。ここではいっさい俺の霊力《れいりょく》は封《ふう》じられているんだ。もしかすると、俺は龍《りゅう》の前でただのキツネになってしまうかもしれないのだ」

ただのキツネだって!?　それなのにゴンザは、おじじ様や萩生の人たちのために、土地神としての自分を賭《か》けようというのか。

「もういい！　ゴンザ、そんなことしないで！　この先は私《わたし》ひとりで行くから！」

そのとき、ゴンザがハッとしたように、上をにらんだ。

「ゴンザ、どうしたの？」

上の暗闇《くらやみ》からかすかに、……ゴッ、……ゴッ、という音が近づいてきた。足元に小さな砂利《じゃり》がパラパラと崩《くず》れてくる。

目をあげたとたん、手桶《ておけ》ほどの落石がガッと大きくはね飛んで頭上に来るのが見えた。

「危《あぶ》ない！　姫《ひめ》どの！」

ゴンザが私におおいかぶさるようにして、その場にふせた。落石はグワッと音を立てて私たちをかすめ、砕《くだ》け散《ち》った。小さな破片《はへん》となった石はバラバラと闇の中に転がり落ち、消えていった。

「ゴンザ、ありがとう。助かった。あんなのがまともに当たったらひとたまりもなかった。ありがとう、本当……」

返事がない。もう一度問うと、ゴンザが肩《かた》を押《お》さえてごろりと横たわった。そのままうずくまってうめき声をあげている。籠手《こて》を通して血がにじみだし、指先からポトポトと滴《したた》り落《お》ちた。石がゴンザの肩を直撃《ちょくげき》したのだ。

「ゴンザ！　ケガをしたのか⁉」

ゴンザはあぶら汗《あせ》を流し、いっそう青くなった顔で笑ってみせた。

「大丈夫《だいじょうぶ》だ。幸い骨《ほね》は折れていない、このくらいの傷《きず》……。それより急がないと、敵《てき》は夜明けを待って攻撃《こうげき》をしてくるはず。その前にどうしても龍《りゅう》に会わなくては」

私《わたし》は下着の袖《そで》を引きちぎった。歯を使って裂《さ》き、それを包帯にしてゴンザの腕を固く縛《しば》り、血止めをした。私たちはよろめきながらふたたび進みだした。

這《は》うようにしてガレ場を抜《ぬ》け、残雪におおわれた頂上《ちょうじょう》に向かった。足が沈《しず》まないくらい固く締《し》まった雪が、月光にキラキラと光って視界《しかい》はまぶしいほどだ。それよりも寒気がすさまじく、鋭《するど》い風が体温をようしゃなく奪《うば》っていく。満月の雪明かりの中、急斜面《きゅうしゃめん》を私《わたし》はゴンザを抱《かか》えるようにして登った。ゴンザの顔はどす黒く、吐《は》く息は火のように熱い。ケガのせいで熱が出てきたのかもしれない。

時々遠くでとどろく音が聞こえてくる。

「雪崩《なだれ》の音だ。今日のように南風が吹《ふ》くと、いっきに雪がゆるんで崩《くず》れる。里人は南風を『雪解風《ゆきげかぜ》』とか、『春起こし』とか呼《よ》ぶのだ」

「ここも崩れたりしない？」

「ここは大丈夫《だいじょうぶ》だ。多分、山はおまえを危《あぶ》ない目にあわせたりしない」

そう言って歯をくいしばり、無理にも笑ってくれる。私は胸《むね》がいっぱいになった。

私はゴンザの肩《かた》を支《ささ》えようと体に触《ふ》れた。この霊山《れいざん》で力を失いつつあるのか、その肩はなんとなく前よりも小さく感じられ、一瞬《いっしゅん》だが小さなキツネがほの見えたかに思えた。

そのとき、不意に記憶《きおく》のかなたに押《お》しやられていた夢《ゆめ》がよみがえった。

「のう、ゴンザ。私は萩生に来る前に、このことを夢で聞いたと思うのじゃ。私がこうして竜ヶ岳に登らねばならぬということを、確《たし》かに……だれかに言われたのじゃ。そして、そなたにもこうなることがわかっていたのではないのか？　だからそなたはあの初めて会ったとき、峠《とうげ》で、私がこうして戦わねばならなくなることを告げたのでは？」

ゴンザは、かすかにうなずいた。

「もう話してもよかろう。……土地神の俺《おれ》には萩生が今にも危《あや》ういこと、そのために大殿《おおとの》様の命が、山里が失われる運命だと予感していた。……そして俺の力だけでは、それを避《さ》けることができないことも。しかし、峠《とうげ》で初めて出会ったとき、おまえこそが俺を助けてくれる人間だと、はっきりと見分けられたのだ」

「どうしてそう思ったのじゃ？　私《わたし》にはそんな力などありはせぬ」

ゴンザは私の胸《むね》のあたりを指さした。

「そこに、〝愛《め》でられし者〟のあかしが見えたから」

「私が〝愛でられし者〟……？　さっぱりわからぬ」

「おまえは多分、海からの贈《おく》り物《もの》を受けたはず。おまえは天性《てんせい》、山川草木《さんせんそうもく》に愛された者なのだろうな。そうでなければいくら土地神の頼《たの》みでも、山々があんなみごとな春の姿《すがた》を見せてくれるものか。さっきも言ったように、山は決しておまえを危《あぶ》ない目にはあわせない。俺にはわかる。そして、そういう者こそが、龍《りゅう》に働きかける資格《しかく》を持つのだ」

「自分ではわからないが、……つまり私が海から拾った水晶玉《すいしょうだま》のことなのだな？　あれがその印で、だからそなたは私を見分け、忠告《ちゅうこく》をくれたのだな」

ゴンザはうなずいた。

「苦労させるのがわかっていたから……。まだ年若《としわか》い少女のおまえを、こんなことのまきぞえにしたくはなかったのだ。できるだけ守り、こんな事態《じたい》を避《さ》けようとしたのだが、……すまなく思ってる」

私《わたし》は思い出した。いつもゴンザがどこからか守ってくれたこと。萩生に来て、人質《ひとじち》がつらく、悲しかった日に花でなぐさめてくれたのも。やはりゴンザだったのだと気づいた。

私はあらためてゴンザの顔をながめ、笑って胸《むね》をそらせてみせた。

「……そうだったのだな。でもゴンザよ、私は意外にここまでよくがんばったと思うが？」

「うん。……実はおまえがこれほど強いとは思わなかった。姫《ひめ》どのは俺《おれ》に、人間も捨《す》てたもんじゃないと思わせてくれたんだ。俺に勇気を教えてくれたのだ」

「そりゃあ、なんてったって私は、『ぶっても蹴《け》っても、土に埋《う》めても死なぬ青海《あおみ》のトラ八《はち》』じゃ！」

私たちはお互《たが》いの目を見つめあった。そしてボロボロにくたびれていながら、声をそろえて大笑いした。

そのとき、ゴンザがハッと前方を見あげた。

つられて私もふり仰《あお》ぐと、眼前《がんぜん》の雪の壁《かべ》が不意に途切《とぎ》れて、くっきりと満天の星をちりばめた黒い夜空が広がっている。

山頂《さんちょう》がそこにあった。

ついに私《わたし》たちは「龍《りゅう》の祠《ほこら》」にたどり着いたのだ……。


「やった―――っ！」

私たちは疲《つか》れも痛《いた》みも忘《わす》れて駆《か》けあがった。頂上の岩の間になかば雪に埋《う》もれた小さな祠を手で掻《か》きだし、その前で手を合わせて拝《はい》した。

祠の裏《うら》には、泉《いずみ》の跡《あと》とおぼしき大きな窪地《くぼち》があった。中央に龍が棲《す》むと伝えられる、深そうな穴《あな》が見える。あとは水晶玉《すいしょうだま》をその穴に投げ入れるだけだ。

「ゴンザ」

ゴンザが、うむ、とうなずき、首にかけてきた水晶玉の袋《ふくろ》を取ろうとした。が、その手がはたと止まった。顔からはいっそう血の気が引いている。

「……ない！」

「えっ⁉」

水晶玉を入れた袋はゴンザが大事に首にかけて持ってきたはずだ。しかし今、ゴンザの手からは千切れたひもが、下がっているだけだった。

「水晶玉《すいしょうだま》がない……って!?」

私《わたし》の声も悲鳴に近かった。

「あのときだわ！　あのガレ場でゴンザが私をかばったときに、ひもが切れたのかも」

それでは袋《ふくろ》はまだあのままガレ場にあるのか？　それとも落石とともに転がり落ちてしまったのだろうか？　私の脳裏《のうり》には虚空《こくう》に落ちていく水晶玉のイメージだけが浮《う》かんだ。たとえあの場所に残っていたとしても、私たちには、もうそれを取りに帰る時間も、体力もなかった。

水晶は失われた。もはや龍《りゅう》にたずねることはできない。足から急に力が抜《ぬ》け、私たちはその場にへなへなとくずおれた。

（十八）

月はもう、かなり西に傾《かたむ》いている。

もうすぐ夜が明ける。それを待って、膨大《ぼうだい》な敵《てき》が雪崩《なだれ》をうって萩生《はぎう》に襲《おそ》いかかり、そして野火が山や里を呑《の》みこむだろう。

「俺《おれ》は……砦《とりで》に戻《もど》る。俺がこの姿《すがた》でいられるうちに、大殿《おおとの》様たちとともに戦《いくさ》に加わる」

ゴンザはつぶやくように言うと、よろよろと立ちあがった。そう言われてみると、なるほど表現《ひょうげん》しにくいのだが……ゴンザの輪郭《りんかく》（?）が時々ぶれて見える。なんとなくあやふや、というか、本当にゴンザが消えてしまいそうな感じがするのだ。このままでは霊山《れいざん》の力で、ゴンザが霊力を失ったただのキツネになってしまうかもしれない。不安に押《お》しつぶされそうになって、私《わたし》は身ぶるいが止まらず、思わず両手で自分の肩《かた》をギュッと押さえた。と、胸《むね》のあたりにあるなにか固いものに触《ふ》れた。

（なんだっけ?）と、ふところに手を入れて取りだしてみた。ズルズルと出てきたのは、青海《あおみ》を出るときタヨが「お守り代わりに」と首にかけてくれた数珠《じゅず》であった。

馬で山道を行くときに揺《ゆ》れて顔に当たるのが邪魔《じゃま》で、むしり取ってふところに突《つ》っこみ、そのまま忘《わす》れていたのだ。

「ゴンザ！　龍《りゅう》に水晶玉《すいしょうだま》をささげるのは、龍が水晶を好きだから、ということ？」

「そうだ。けど、そのささげものがないことにはどうしようもない……」

私《わたし》は、その鼻先に数珠《じゅず》を突きつけた。

「水晶は、あるわ！　この数珠は小さな水晶玉が連なってるじゃないの！　これでも効《き》くかもしれない。とにかくやってみよう」


龍の穴《あな》までの窪《くぼ》みは半径が*十五間《けん》ほど。かなり急なすり鉢状《ばちじょう》に落ちこんでいる。固まった雪と氷でテカテカに光り、滑《すべ》り落《お》ちそうだ。球状の水晶玉ならば縁《ふち》から転がせば、自然とさしわたし*五尺《しゃく》ほどの穴に落ちこんでくれるはず。しかし数珠となると、穴のすぐそばまで近づいて放りこまねばならない。ツルツルの斜面《しゃめん》でうっかり転べば、数珠ごと中央の深い穴に落ちてしまいそうだ。

私たちは小兵太《こへいた》どのにもらったナワを祠《ほこら》に縛《しば》りつけ、もう一方の端《はし》を窪みに垂《た》らして、それを頼《たよ》りにすり鉢の中に降《お》りていくことにした。

ゴンザは、片手《かたて》にナワの先をまきつけ、急斜面を降りていった。しかし、あいにくとナ

＊十五間《けん》――約二十七メートル　＊五尺《しゃく》――約一・五メートル

ワは短く、中央には届《とど》かないうえに、ゴンザは肩《かた》に負った傷《きず》のせいで腕《うで》をのばすことができない。

「ゴンザ！　それでは私《わたし》がやる。私がナワを持つから、その分ゴンザは穴《あな》に近づけるわ——

「それより俺《おれ》が姫《ひめ》どのの帯をつかむから、姫どのが数珠《じゅず》を穴に投げこんだほうがいい。ほら、姫どのは石投げが得意だったから、あの要領《ようりょう》で」

そこで、今度は私が滑《すべ》る斜面《しゃめん》の先まで降《お》りていった。それでも穴まではまだ*十間《けん》ほどもありそうだった。疲《つか》れきった今でも、平地で石ならば投げられる自信はあるが、この体《たい》勢《せい》からでは疑《うたが》わしい。

私は数珠をぐるぐると丸く結《ゆ》わえ、なるべく球の形にすると、ツルツルの地面に足を踏《ふ》んばって構《かま》えた。ゴンザの顔は痛《いた》みと、失《う》せそうな自分をとどめるために、苦しげにゆがんでいる。その輪郭《りんかく》もますますぶれていくようだった。ためらっている暇《ひま》はない。私は大きく肩を引き、波切りの要領で思いきって投げた。

「行けーっ！　神様、お願いーっ！」

しかし、手を離《はな》れた数珠は宙《ちゅう》でほどけ、輪を描《えが》き、回転しながら穴に向かって飛んでいく。

「ああーっ!!」

数珠《じゅず》が穴《あな》の縁《ふち》の出《で》っ張《ば》りに引っかかってしまったのだ。風でも吹《ふ》いて、あのまま自然に落ちていってくれれば。しかし数珠は穴の上にぶら下がっているだけで、いっこうに落ちていきそうにない。どうしよう……。


私《わたし》はゆっくりとゴンザの手をふりほどいた。

「なにをする気だ、姫《ひめ》どの！　止《や》めろ！　おまえが穴に滑《すべ》り落《お》ちてしまうぞ！」

私はかぶりをふった。これは私がやるべきことだ。人の戦《いくさ》は人が止めるのだ。

私は慎重《しんちょう》に歩こうとしたが、「ふわぁっ！」たちまち足を滑らせた。ザアッと横倒《よこだお》しになったまま急斜面《きゅうしゃめん》を穴に向かって引《ひ》き寄《よ》せられていく。

ええい、こうなったら寸前《すんぜん》に数珠をつかんで、一緒《いっしょ》に落ちるまでだ。後はどうなろうとかまうものか！　私は数珠が指に引っかかるのを感じた。よしっ、つかんだ！

瞬間《しゅんかん》、数珠がなにかにグイッと引っ張られるのを感じた。「あっ」と思う間もなく、私は頭から真っ暗な穴の中に放りだされていたのだった。


数珠をつかんだまま、暗闇《くらやみ》の中を果てしなく落ちていく。

けれども不思議なことに、その落下は、深い海の中をもぐっていくようにゆるやかなも

＊十間《けん》——約十八メートル

のだった。水はないのに、魚や貝を探《さが》して夏のあたたかい緑色の海に、モリを抱《かか》えてどこまでももぐっていく、あの楽しささえあった。

やがて、トン、とやわらかい海底に足が当たって落下が止まった。

ここが穴《あな》の底なのか？　いや、違《ちが》う。なぜなら突然《とつぜん》海底と思ったものが、いきなりグッと持ちあがり、グラグラと動くのを感じたからだ。「うわあっ」私《わたし》は思わず目の前に生えている珊瑚《さんご》にしがみついた。幸い、足元にも海藻《かいそう》が生えていて立ちやすかった。

筒状《つつじょう》のせまい穴の中を、海底はぐんぐんとせりあがり上に昇《のぼ》っていき、それにつれて私の体も押《お》しあげられていく。二本の珊瑚樹《さんごじゅ》にしっかりとつかまりながら真っ暗な中を、これもまた果てしもない時間のようだった。

そして、ついに光がふたたび戻《もど》ってきた。

それどころか、私は穴の縁《ふち》まで押しあげられ、さらにそこからもっとすごい高さに上昇《じょうしょう》していく。竜ヶ岳《りゅうがたけ》の祠《ほこら》がすぐ横に見えた。私は自分がいったいどうなっているのか、まったくわからなかった。

静寂《せいじゃく》の中に、満月の光があたりに満ちていて、それが凍《こお》った地面に照《て》り映《は》え、まぶしいほどだった。

「……姫《ひめ》どの！」

ゴンザがずっと下から私《わたし》を呼《よ》んでいる。……ゴンザが穴《あな》の縁《ふち》に立っているのが見えた。私は穴からとび出たらしいけど、どうなっているの？　ゴンザが私を見て叫《さけ》んでいる。

「おい、おまえ……！　どこに乗ってると思う！　早く降《お》りろ！」

私は足元を見てギョッとした。海藻《かいそう》と思っていたのは、なにやら真珠色《しんじゅいろ》をした長いふさふさとした毛のようだった。両手でつかんでいる珊瑚《さんご》と思ったものは、深緑色をした角《つの》みたい……？　その先には馬に似《に》た鼻づらがあり、巨大《きょだい》な眼《め》が上目で私をにらんでいる。

「ひゃーっ、龍《りゅう》!?　……うそーっ！」

なんということか。私は泉《いずみ》の口から底にいた龍の上に落ち、龍は私を乗せたまま穴を昇《のぼ》ってきたのだった。

私はあっという間に地面に放りだされた。「姫どの！　大丈夫《だいじょうぶ》か？」ゴンザが駆《か》けよってくる。眼前《がんぜん》には燐光《りんこう》を放つ巨大な龍神がそびえ立っていた。急に足から力が抜《ぬ》けて、尻《しり》もちをついた。腰《こし》が抜けたのだった。

物見櫓《ものみやぐら》ほどの高さに巨大な龍の顔があって、こちらを見ている。蛇体《じゃたい》であり、お寺の天井《てんじょう》などに描《か》かれているものに似ている。真珠色の光沢《こうたく》を放つうろこでおおわれ、同じ色のたてがみを持ち、はっきりしないが、やや短い手足があるようだ。眼は虹《にじ》のような七色で、それがくるくると色を変え、瞳《ひとみ》はネコのような糸巻《いとま》き型《がた》をしている。馬に似《に》た顔に口ひげは長くムチのようにしなやかに波うち、ふさふさとしたたてがみの間に深緑色の宝《ほう》玉《ぎょく》で作られたような、短い角がのぞいている。

これこそが、萩生の伝説の龍神《りゅうじん》だった。……本当に……いたんだ！

《何用《なによう》あって、ここに参ったか》

龍神の言葉、念が、頭の中で雷鳴《らいめい》のようにとどろいた。

私《わたし》はやっと我《われ》に返った。腰《こし》を抜《ぬ》かしている場合ではない。あわてて立ちあがった。

「はっ、はい！　そ、そうです。でも、あの、とりあえず私を助けてくださってありがとうございます！　私たち、龍神様にお願いがあって水晶《すいしょう》をささげようとして……」

龍はくるくると色を変える眼《め》を向けてきた。なにもかも見通すような、はかりがたく、恐《おそ》ろしい神の眼だった。その前で私は必死に声をしぼりだした。

「お願いです！　龍神様のお力で羽田《はだ》軍を追いかえし、ふたたび萩生の庄《しょう》を、人々をお救いくださいませ！」

即座《そくざ》に龍の思念が満ちた。

《そのこと、ならじ！》

私《わたし》は耳（？）を疑《うたが》った。ここへ来れば、龍《りゅう》に会えさえすれば、萩生は救われるものだと信じてきたのだ。それなのに、守り神から断《ことわ》られるとは。

《我《われ》はもはや人の世に関《かか》わりは持たぬ。それゆえに、ならじ》

《龍神様、お願い申します！　この戦《いくさ》を止めることは龍神様にしかできません。どうか、お助けください！》

ゴンザも叫《さけ》んだ。龍は今度はゴンザに目をすえた。

《その者は人間にあらず。汝《なんじ》、正体に帰すべし》

龍が視線《しせん》を這《は》わせると、とたんにゴンザの姿《すがた》がゆらりと揺《ゆ》れて消えた。見ると、私の足の横に一匹《ぴき》の小さなキツネがちょこんと座《すわ》っているのだった。

「ゴンザ！　元の姿に戻《もど》っちゃったの!?」

キツネは悲しそうに私を見あげて、また目をふせた。そうだった。龍神の前ではすべての魔力《まりょく》、霊力《れいりょく》は失われてしまうのだ。私はゴンザの気持ちを思うと泣きたくなった。

「大丈夫《だいじょうぶ》だから。ゴンザがどんな姿になったって、ゴンザはゴンザなんだからね！」

《汝、キツネ、ちっぽけな土地神よ、なぜ人の姿などを借りるのか。小なりといえど神の化身《けしん》たるその姿を捨《す》てて》

龍の声がわんわん頭の中で響《ひび》いた。狐《きつね》ゴンザは悲しそうに自分の前脚《まえあし》を見おろし、傷《きず》つ

いたそれをすこし持ちあげて、
《このけだものの手では、人を救えぬ。里も、山も守れぬ》
龍《りゅう》はそれを聞くと明らかに、フン！　と鼻を鳴らし、あざけるように言った。
《人を救い、山里を守ると？　土地神ごときが愚《おろ》かな！》
ゴンザの体がビクリ、とふるえた。龍はますますふゆかいそうだ。
《ろくでもない人間どもなど、助ける価値《かち》はない。この荒《あ》れはてた世界を見よ。こんなにしてのけたのはすべて人間ではないか。しかも汝《なんじ》は、その人間になりたいと望んでいるのだな？　汝自身が昔、人間からどんなしうちを受けたのかも忘《わす》れて》
ゴンザはうなだれて黙《だま》ってしまった。巨大《きょだい》な龍は、小さなキツネをぐるりと巻《ま》くように体をひねり、キツネの顔をねめつけるようにしている。
《龍神様。それでも私《わたし》は人間が好きでございます。私のような者から見ても、人は愚《おろ》かしく、身勝手で残忍《ざんにん》でもございます。しかし、人間の中に立ち交じって、私は人の愛や友《ゆう》情《じょう》、思いやりや互《たが》いを守り合うための勇気を知りました。……私は人間が好きになりました。……人は本来、良きものでございます。戦《いくさ》がなければ、人はもっと良きものになれるはずです。どうか、龍神様のお力でこの戦を止め、萩生の山里に平安をお戻《もど》しください》
ゴンザは目をしばたたかせると、ようやくそう言った。

龍《りゅう》はもう答えない。私《わたし》はもうそれ以上見ていられなかった。

「ゴンザ、もういい。これ以上お願いしてもそなたがつらいだけだ。もう帰ろう、龍神様がおおせのとおり、戦《いくさ》は人間がおこしたものだ。人間がその責《せき》を負わねばならないのだ。ゴンザは小さな土地神様だが、必死に私たちを助けようとしてくれておる。私たちにはゴンザがいてくれるだけでよいのじゃ」

龍は私のほうをギロリとにらみ、ぐうっと頭を寄《よ》せてきた。私は怖《こわ》さのあまり後ずさりしたが、氷に滑《すべ》ってまた尻《しり》もちをついてしまった。恐《おそ》ろしい神の眼《め》が心を貫《つらぬ》くようにせまってきた。

《汝《なんじ》、人間よ。この神をこのちっぽけな姿《すがた》におとしめたのは、汝らのせいと知って、かような言葉を吐《は》くのか》

「な、なんのことでございましょうか、それは?」

龍はふたたび、ふん、と鼻を鳴らすと、ひげを鞭《むち》のようにしならせ、キツネを軽く打ちすえて、命じた。

《白狐《びゃっこ》の神よ、立て》

すると、キツネの姿は消《き》え失《う》せ、白い大きな人の姿が立ちあがった。雪白《せっぱく》の衣《ころも》、風になびく豊《ゆた》かな純白《じゅんぱく》の髪《かみ》。あの不思議な夢《ゆめ》で見た白狐《びゃっこ》の神がそこにいた。

白い神は静かにその狐面《きつねめん》をはずした。下から現《あらわ》れたのは世にも美しい男の顔であった。ゴンザに似《に》た面《おも》ざしだったが、それがゴンザの持つ神の顔だった。そして今もその顔は、憂《うれ》いに満ちていた。

「……ゴンザ!」

《そうじゃ、その昔、白狐は位高き神、精霊《せいれい》の長《おさ》であった。しかるに、人間どもが利のためにその社《やしろ》をこわし、打《う》ち捨《す》てたため、そして自身が人間と交わるうちに、かくもちっぽけな土地神となりはてたのだ》

龍《りゅう》の言葉に私《わたし》は泣きたくなった。なぜ気づかなかったのだろう、祠《ほこら》を見捨《みす》て、白狐の神だったゴンザを小さな土地神にしてしまったのは、祀《まつ》りを忘《わす》れた私たち人間だったことに。

「……すまぬ、ゴンザ! 私たちのせいだ」

白狐は目を閉《と》じると静かに念を発した。

《龍神よ、それでも我《われ》は後悔《こうかい》をしておらぬ。我は人となって、生涯《しょうがい》を共にする得がたい友人を得た。それは神の身にてはかなわぬことであった》

《愚《おろ》か者《もの》よ。我とてかつては人間どもの願いを聞き入れ、命を救うてやった。それなのに

この恩知《おんし》らずどもは、ここ何年もこの祠《ほこら》を見捨《みす》て、我《われ》は地の奥《おく》に沈《しず》むばかりであった。もはや、二度と助けはせぬ》

やはり長年萩生の領主《りょうしゅ》が祀《まつ》りをおこたっていたことを、龍《りゅう》は怒《おこ》っていたのだった。しかし白狐《びゃっこ》はかぶりをふった。

《それでも、我はあなたに願う。龍よ、我、キツネ権三郎《ごんざぶろう》、萩生領主の跡継《あとつ》ぎとして願う。わが願いを聞き、どうかこの戦《いくさ》を鎮《しず》め、山里を、人の心を鎮めたまえ》

龍は頭をめぐらせてとぐろを巻《ま》くように白狐を包み、意地悪い眼《め》でのぞきこんだ。

《白狐よ、願いには対価《たいか》が生ずる。それは承知《しょうち》であろうな》

淡《あわ》く燐光《りんこう》を発した白狐の神は、強くうなずいた。

《承知である》

《それでは対価として、汝《なんじ》を神籍《しんせき》から除《のぞ》き、汝をただのけものと成すが、それでもよいか》

神々の思念がごうごうと私《わたし》の頭に響《ひび》きわたった。

《龍神よ、友のためなら、愛する者のためなら、我は我を惜《お》しまぬ。このままであることこそ悔《く》いとなろう》

白狐の言葉もまた凛々《りんりん》と心に響いた。

「だめだ！　ゴンザ、やめて。それはならぬ、そなたが一生ただのキツネになってしまったら、おじじ様が悲しむ。私《わたし》とてそなたに二度と会えぬのは嫌《いや》だ！」

私は白狐《びゃっこ》に駆《か》けよろうとした。白狐は静かに手をあげて制《せい》すると、かすかに微笑《ほほえ》んだ。

《姫《ひめ》どの、里に帰り、大殿《おおとの》様によろしく伝えてくれ。ゴンザは野に帰っていったと……。龍神《りゅうじん》よ、頼《たの》む》

《よかろう。では白狐の神籍《しんせき》を剥奪《はくだつ》し、汝《なんじ》をけものと成す》

「やめて――っ」

悲鳴の中で龍は立ちあがり、そのひげを鞭《むち》のようにふりあげると、びしり、と白狐を打ちすえた。たちまち白狐の神は消え失《う》せ、一匹《びき》の小さなキツネが残った。

「ゴンザ！」

駆けよって抱《だ》きあげると、キツネはおとなしく、どこかキョトンとした目で私を見あげるばかりだった。私は涙《なみだ》が出て、ただキツネをぎゅっと抱きしめた。

「……ゴンザ、本当にただのキツネになってしまったのか？　もう、ものも言えぬのか？　そなたはバカじゃ。自分を失っても、などと、なぜそんなことをした！」

悲しみの中からふつふつと龍神への怒《いか》りがわいてきた。私はキツネを抱《かか》えたまま、

きっ、と龍神《りゅうじん》をふり返った。龍神も恐《おそ》ろしい眼《め》でにらんできたが、もう怖《こわ》くはなかった。
《神と神の約束は変えられぬ》
龍は厳然《げんぜん》と言葉を響《ひび》かせ、ゆっくりと体をのばすと向きを変え、
《我《われ》はこれより白狐《びゃっこ》との約束を果たすために参る》
私《わたし》は涙《なみだ》をぐいとぬぐった。そんな場合ではない。
「お待ちください！　私もお伴《とも》をいたします。お連れくださいませ」
《人が神の技《わざ》を見ること、ならじ！》
「いいえ、龍神様がゴンザとの約束を果たすのを、本人に代わって見届《みとど》けねばなりません！」
私はゴンザを抱《かか》えると、龍のたてがみを引っつかみ、無理矢理背中《せなか》によじ登った。龍が不満げに鼻を鳴らしたが、かまうものか、と思った。
「……ゴンザ、一緒《いっしょ》に行こうね」
もはやもの言わぬゴンザを抱えて、私は龍のたてがみをしっかりとつかみなおした。長い夜はしらじらと明けはじめていた。
「さあ、行こう、ゴンザ！　私たちがみんなを助けるのだぞ！」

（十九）

龍《りゅう》は私《わたし》たちを肩《かた》にのせたまま、ふわりと宙《ちゅう》に浮《う》かんだ。そうして明《あ》けの明星《みょうじょう》が昇《のぼ》っている、青い夜明け前の空を滑《すべ》るように泳ぎはじめた。

真珠色《しんじゅいろ》のうろこがかすかな光を放ち、蛇体《じゃたい》のしなやかなうねりを感じながら、私はすでに目もくらむ高みから、雪をかぶった竜ヶ岳《りゅうがたけ》の頂《いただき》を見下ろしていた。

もう寒さも感じない。耳元にごうごうと風を切る音だけが聞こえる。キツネはかすかにふるえながらも、おとなしく腕《うで》に抱《だ》かれている。その小さなけものに私は語りかけた。

「龍に乗って空を飛ぶなんて、以前ならどんなにうれしかったろうな。でも今はただ、一刻《いっこく》も早くみんなのもとに行きたい。おじじ様たちはまだ無事か、野火があんなにひろがっている。ゴンザも同じ気持ちであろうな」

すると、キツネは首を回して私をじっと見つめてくる。ゴンザの心はまだきっとここにある。そう思うと、悲しみの中から、またかすかに勇気もわいてくるのだった。

下界を見わたすと、萩生《はぎゅう》の山々が、里が、城《しろ》が箱庭のようだ。おじじ様たちの立てこもる砦《とりで》も、夜明けを待って尾根《おね》のふもとの街道《かいどう》を進軍してくる羽田《はだ》軍の本隊も見下ろせた。そして山を焼きつつ広がっている巨大《きょだい》な煙《けむり》が、砦のほうへ這《は》うようにせまっているのも。

「あれだわ！　野火がもう砦のそばまで！　お願いです、早く、龍神《りゅうじん》様！」

龍はやがて、ルーン……というような声を発し、グンと高度を下げた。音は止《や》むことなく、しだいにあたりに満ちていくようだった。

　その音に応《おう》じるように、まわりの山々の気が高まり、一点に集中してくる。これが龍神の力なのか、ついには耐《た》えられないほどの圧力《あつりょく》となって、私《わたし》の頭の中にも満ちた。龍は音を響《ひび》かせながら、大きく輪を描《えが》くように、真っ白な雪の尾根すれすれに飛行を続ける。確《たし》かになにかの力、強い波動のようなものがその輪の中に脈打ち、未明の空間に結集してくるように思われた。

　やがてその音の絶頂《ぜっちょう》に、龍は青く染《そ》まった雪の尾根のてっぺんをパシリ、と尾で叩《たた》いた。

　ぱっ、と雪煙があがったと思うと、山頂の尾根の雪が立ちあがり、崩《くず》れるのが見えた。横一文字にひび割《わ》れた真っ白な雪は、勢《いきお》いを増《ま》しながら山肌《やまはだ》を滑《すべ》り下《くだ》っていく。その姿《すがた》はさながら白龍と見えた。

真っ白な流れがしぶきのように雪塊《せっかい》を飛び散らせ、大雪崩《おおなだれ》が音もなく木々を押《お》し倒《たお》し呑《の》みこみつつ沢《さわ》を埋《う》めつくしていく。

《汝《なんじ》が見たこともなき、神の技《わざ》を見よ！》

哄笑《こうしょう》にも似《に》た龍神《りゅうじん》の念が響《ひび》きわたった。

大殿《おおとの》は羽田軍との最後の決戦に向けて砦《とりで》の兵を集めていた。すでに、野火の向こうに敵《てき》のかかげる松明《たいまつ》の列が見える。決戦は間近である。

一同は死を覚悟《かくご》していた。敵が城《しろ》にせまるのを一刻《いっこく》でも食い止めるため戦う。ゴンザはもう間に合うまいが、それもやむなし。大殿も傷《きず》ついた体を輿《こし》にかつがせて戦う決意をした。

そのときである。大殿の耳がかすかなルーン、という音をとらえたのは。大殿は竜ヶ岳を見あげた。かすかな振動《しんどう》が足に伝わってくる。……これは？

大殿は叫《さけ》んだ。

「逃《に》げるのじゃ！　みな、砦の外に出よ！　砦から離《はな》れよーっ！」

大殿の命令に砦の者たちは、とまどい、いぶかりながらもいっせいに砦の外に逃《のが》れた。

「見よ！　雪崩じゃ！」

皆《みな》の目にもとどろく地響《じひび》きとともに、雪崩《なだれ》が躍《おど》るようにはね、燃《も》えさかる野火ごと木々を押《お》し流《なが》しながら、猛烈《もうれつ》な勢《いきお》いで沢《さわ》を下ってくるのが見えた。

大雪崩であった。雪崩は沢をおおいつくし、野火をも呑《の》みこみ、街道《かいどう》を進んでくる羽田軍を押し流し、砦《とりで》をも襲《おそ》った。

私《わたし》は敵《てき》があわてふためいて逃《に》げ戻《もど》るのを、おじじ様や大兄上《おおあにうえ》たちが無事雪崩から逃《のが》れたのを、野火が白い雪に消し止められるのを、龍《りゅう》の背《せ》から見下ろしていた。

「やったね、ゴンザ！　龍神様が羽田を追いかえしたのよ！　これで羽田のやつらも今回はきっと侵攻《しんこう》をあきらめるだろう。だってあの雪をかきわけて来る根性《こんじょう》はないでしょう。ざまあみろ、だわ！」

そう叫《さけ》んでキツネを抱《だ》きしめると、ゴンザの目はまっすぐに遠くを見るようだった。その視線《しせん》の先を私も見た。

「見ているの？　ゴンザ、あれを！」

萩生城《はぎうじょう》のはるか向こうの街道からまだ豆粒《まめつぶ》ほどの一群《いちぐん》が萩生に向かってやってくる。ひるがえっている旗は青地に白く「龍」を染《そ》めぬいた萩生の軍旗に違《ちが》いない。小沢《おざわ》氏の援《えん》軍《ぐん》に行っていた萩生の本軍が、とうとう帰ってきた。家臣も農家の働き手も、今度は自分たちの土地を、家族を守るために戻《もど》ってきたのだ。

「こんな奇跡《きせき》があるのね、ゴンザ。龍神様《りゅうじん》が羽田を追いかえして、野火を消して、もうこれで萩生滅亡《めつぼう》はなくなったのよ！　そして青海《あおみ》も助かった。今度羽田が攻《せ》めてくるときは、萩生と青海の連合軍が迎《むか》え撃《う》つわ！　そうかんたんに踏《ふ》みこめるものですか！」

安心したのか、ゴンザの体からは力が抜《ぬ》けていた。

龍はしばらくそうして浮《う》かんでいたが、やがて元の龍の祠《ほこら》のほうへと向きを変えた。すべてが終わったのだ。不意にそう気づいた。

「ありがとうございました。龍神様のお力で、戦《いくさ》は止《や》みました。萩生の民《たみ》も救われました。ゴンザも喜んでいると思います。私《わたし》たち、今度こそ龍神様のご恩《おん》を忘《わす》れません。本当に、お礼を申します」

龍は私たちを下ろすと、ふたたびふわりと宙《ちゅう》に浮いた。

私はゴンザを抱《だ》いて、あの山頂《さんちょう》の祠のそばに立っていた。キツネは疲《つか》れはてたのか、依然《いぜん》ぐったりとして目を閉《と》じたままだ。やはり小さな体の動物には無理な飛行だったのかもしれない。

「龍神様《りゅうじん》、これでお別れなのですね」

《我《われ》はこれより天に昇《のぼ》り、大龍神となるための修行《しゅぎょう》をつむ。汝《なんじ》はふたたび戦乱《せんらん》の世を生きていかねばならぬ。それが汝らの修行である。自らの手でこの地を守るのだ》

私《わたし》は心細くもあったが、決意をこめてしっかりとうなずいた。

「お教えください、龍神様。この戦乱はいつまで続くのでしょうか。いつ、人間は争いを止《や》めることができるのでしょうか？」

龍はしばらくじっと私をながめ、沈黙《ちんもく》した後、こう言った。

《すべての人間がそれと気づき、悟《さと》るまで。神はその気づきを待ち、見守っている。なぜなら、神は汝ら人間にこの世のすべてを任《まか》せたのだから》

龍神の言葉が重く、おごそかに私の心に落ちた。

私は答えることができなかった。人間はいつ、争いも戦いもない世に生きることができるのだろうか？

やがて、龍の体が透《す》きとおりはじめた。真珠色《しんじゅいろ》のうろこもたてがみも、みるみる透明《とうめい》になっていく。

「もう、行かれるのですか？」

私《わたし》は深々とおじぎをして、また腕《うで》の中のキツネを見た。キツネは、もう動かない。呼《こ》吸《きゅう》も浅く思える。もしかするとゴンザは、このまま死んでしまうのかもしれない。龍《りゅう》神《じん》にそのことを告げようとしたが、なんだかまた冷たい言葉が返ってきそうで、止《や》めた。

「ゴンザ、一緒《いっしょ》に帰ろうね。私も小兵太《こへいた》どのも、ずっとそなたと一緒じゃ」

ゴンザを嫌《きら》ったりはせぬ。ゴンザがただのキツネになってしまっても、おじじ様はゴン

ゴンザが人間だったときの様々な姿《すがた》が、初めて会ったときの、山に春を呼《よ》んだときの、一緒に旅をしたときの、ゴンザの笑顔《えがお》が胸《むね》をよぎった。戦うゴンザの姿、怒《いか》りに満ちた表情《ひょうじょう》、それらはすべてこの龍の力を借りて里を人を守るためであったのだ。それなのに、その願いがかなった今、ゴンザは人の形を失い、死のうとしている。

ゴンザが哀《あわ》れで、また涙《なみだ》が出て止まらなくなった。

龍に呼ばれた気がして顔をあげると、目の前にあのタヨからもらった、龍にささげたはずの数珠《じゅず》が浮《う》いていた。……これは？

《このたびの対価《たいか》は、そこのキツネからもらった。それゆえこれは無用じゃ。受け取るがよい》

私が空中から水晶《すいしょう》の数珠を取ると、龍の体はどんどん透明《とうめい》になり、やがてすうっと空に向かって上昇《じょうしょう》していった。私はふたたび手を合わせ、深く腰《こし》を折ってお姿を拝《はい》した。

目をあげてみると、すでにはるか紫《むらさき》の朝雲のかなたにキラキラ光る帯が昇《のぼ》っていくのが見えた。それも一瞬《いっしゅん》キラリと輝《かがや》く点となって、やがて消えた。

すべてが終わったのだ。

私《わたし》はゴンザを静かに雪の上に横たえた。キツネの腹《はら》がせわしなく波うっていたが、やがてそれも、しだいに静かになっていくのがわかった。そうして最期《さいご》に、大きくひとつあえいだかと思うと、それきり動かなくなった。

……ゴンザは……死んでしまったのだ。

私はゴンザの体をもう一度抱《だ》きしめると、龍《りゅう》から返された水晶《すいしょう》の数珠《じゅず》をそっとゴンザの首にかけてやった。せめてゴンザが来世では人間に生まれ変われますように、と祈《いの》りながら。けれども、それがなんになるだろう。いつの日か、ゴンザが生まれ変わって人間になったとしても、そこに私はいない。

ゴンザと出会えることはもう、二度とないのだ。

「ゴンザ、嫌《いや》だよ、死んじゃうなんて。嫌だ、龍神様の意地悪！　ゴンザに難題《なんだい》ふっかけて死なせるなんて、ひどい！　だったら私も、ゴンザと一緒《いっしょ》に死にたい。だってゴンザは私のかけがえのない大切な人だった。神様の……バカーッ」

あとは言葉にならなかった。私《わたし》は大声を放って泣いていた。もう、なにがどうなってもよかった。

（二十）

私《わたし》はそのままずっと泣いていた、どのくらいそうしていたのだろう。いつの間にかあたりには朝の光が満ちてきていた。

ふと、私の肩《かた》をそっとだれかが押《お》さえるのを感じた。声が聞こえた。

「……姫《ひめ》どの、ありがとう。けど、もうそんなに泣かないでくれ」

……なつかしい声。

あわててふり向くと、ゴンザが……あの人間のゴンザがそのままの姿《すがた》で目の前に立っていた。

「ゴンザ!? 本当に？」

まだ首に数珠《じゅず》をかけたままで、ゴンザが照れたように笑いながら答えた。

「ああ。俺《おれ》にもなにがなにやらわからないのだが今の俺は、……とにかく、ただの、人間なんだ」

涙《なみだ》の中にゴンザの笑顔《えがお》がゆがんで見えた。

「…………！」

私《わたし》はもう、なにも考えられず、ただ、ゴンザの腕《うで》の中に飛びこんでいた。

私たちはそうして固く抱《だ》き合《あ》ったまま、雪の残る山頂《さんちょう》に立っていた。お互《たが》いの存在《そんざい》を確《たし》かめても、確かめても足りなかった。

「まだ信じられない。そなたはキツネに変えられて、そのまま死ぬところを見たのに」

「うん。キツネとしての俺《おれ》は確かに死んだのだ。けれども、まあ多分、あのお方がなにかをされたんだと思う」

「あのお方、というと……？」

《我《われ》に決まっておろう！　この愚《おろ》か者《もの》》

頭の中を雷《かみなり》のような大音響《だいおんきょう》が転がりまわった。

「えっ!?　龍神様《りゅうじんさま》？　まだおられたので？」

私は思わずあたりをきょろきょろと見回したが、そんなはずもなかった。ゴンザが天を見あげ、

「違《ちが》う。上から念を送っておられるのだ」

《汝《なんじ》、トラ八姫《はちひめ》よ。神をののしること、ならぬ》

「き、聞いておられたのですか？　それに〝トラ八〟って、なんでその名前までご存知《ぞんじ》な

のですか」

私《わたし》はあせった。だって、すっかりいなくなったものと思ったから、神様ってずるい！

《神はすべてを見通す。神の仕業《しわざ》は人知のおよぶところにあらず。だが、〝愛《め》でられし者〟青海八姫《あおみはちひめ》よ、汝《なんじ》が山川草木《さんせんそうもく》の祝福を受けた身であればこそ、我《われ》に話しかけることができたと知るがよい。我もそれゆえに汝と白狐《びゃっこ》の心に免《めん》じ、その*転生《てんせい》を早めることにしたのである。汝、トラ八よ、その小僧《こぞう》っこと仲良く国を治めるのだな。……我は汝らがすこし、気に入ったゆえな》

龍神様《りゅうじんさま》の念が、今度は心もちあたたかい感じがした。

「龍神様！　ありがとうございます！　龍神様は、本当はおやさしい神様なのですね」

心の底からの感謝《かんしゃ》だった。私はゴンザをふり向いた。ゴンザの目にも同じ思いがあるのがわかった。そして今日までのいろいろな思いが、私たちの胸《むね》を駆《か》けめぐった。

龍神の思念が、ふたたび降《お》りてきた。

《これからもまだまだ戦《いくさ》は激《はげ》しくなり、この国も何度も危機《きき》に出合うであろう。しかし白狐・ゴンザよ、汝は三百年の知恵《ちえ》をもって難事《なんじ》にあたり、この国を守《まも》り抜《ぬ》くのだぞ》

私たちは神妙《しんみょう》に手を合わせ、おじぎをしたが、どうにも気になる言葉があった。

「あのう、今三百年とかおっしゃいましたが、それは？　ゴンザは私よりちょっと年上にしか見えませんが……？」

ルルル……という笑い声のような念が降《お》りてきた。

《若《わか》くは見えても、そやつも三百年やそこらは神であったはず。というよりも、神とはみな、そのような姿《すがた》を持っているものなのだ。心せよ。若者の姿をしていようと、汝《なんじ》の横にいるのは、三百歳《さい》のじじいなのだぞ》

思わずふり向いてゴンザをまじまじと見てしまった。ゴンザがみるみる顔を赤くするのを、私《わたし》は初めて見た。

「龍神《りゅうじん》さん、俺《おれ》はもう人間なんだ。あんたもよけいなこと言わないでくれ！」

その言葉に私も笑い、龍もルルル……と笑った。

《青春の姿は、身も心も完成し、衰《おとろ》えも知らず、あきらめもしない。ただ未来に向かって推《お》し進《すす》む姿だ。神もまた同じく、永遠《えいえん》に若く、衰えずあきらめもしない存在《そんざい》なのだ。そして限《かぎ》りある命であれ、人の魂《たましい》も本来は神と同じだ。それを忘《わす》れるべからず、精進《しょうじん》いたせ。では、さらばだ……》

龍神の念は小さくなり、やがて消えていった。私は、以来二度と神の言葉を聞くことはなかった。

＊転生《てんせい》——生まれ変わること

私《わたし》たちはすぐに動きだす気力もなく、その場にごろりと横になった。上を見ると春の力強い太陽が空を薄青《うすあお》から茜色《あかねいろ》に染《そ》めだしている。上半身を起こして足元の山々を見下ろす。援軍《えんぐん》を求めて山に分け入ったときから、わずかばかりの間に、もう全山がうっすらと薄緑の木の葉をまといはじめている。いつかゴンザに見せてもらった、あの豊《ゆた》かな山の春が、もうすぐそこに近づいているのだ。

「俺《おれ》はこれからこの山を人間として見ていくのだな」

ゴンザが大きく息を吐《は》きながら言う。

「もう神様ではないものね。神様の目で見ることができなくて、残念ではないのか？」

「すこしはな、でもかまわない。俺は姫《ひめ》どのの見ているものを同じ目で見たいし、同じように感じていたい」

「そう聞くと……ちょっと、うれしい」

私はふたりだけでいることが、急に我《われ》ながら照れくさく思えて、なんだかモジモジしていた。ゴンザは、そんな私を見つめて言った。

「俺は人として過《す》ごして、初めて知ったものがもうひとつある。……それは、恋《こい》だ」

私は、心臓《しんぞう》がドキンとはねるのを感じた。

「俺は……いつのころか、姫どのだけに俺がキツネでいるのを見られるのが、嫌《いや》になった。俺《おれ》は姫《ひめ》どのと同じ人間でありたかった。そんな気持ちになったのは、三百年のうち、初めてだった」

朝の光の中を、ひとすじの清らかな風が吹《ふ》きぬけていく。

「トラ八でも……よいのか……？」

「俺は、姫どのの眉毛《まゆげ》が好きだよ。目も、鼻も。この世のだれよりも……」

そう言いながら、ゴンザは私《わたし》を静かに抱《だ》きよせると、唇《くちびる》でやさしく私の眉に触《ふ》れた。

そして、まぶたに、鼻に、最後に唇に……。うれしいときの涙《なみだ》もあるのだなと、思った。

私たちはしばらくそのままじっと、抱き合っていた。やがて私は口を開いた。

「あのな、ずっと考えていたのだが。小兵太《こへいた》どのにメガネというものを、作ってやってはどうかな」

「……？　メガネ、とはなんだ？」

「青海の港にはたまに、明《みん》の船が入るのだ。それで珍《めずら》しい異国《いこく》の品もたくさん見られるのだ。その中に変わったものを顔につけている船乗りがおってな。ふたつの*玻璃《はり》をつなげて、両側にひもをつけて耳にかけ、両目の前にあてているのだ。それで、それはなにか

＊玻璃《はり》——ガラス

と、たずねたところ〝眼鏡《めがね》〟といって、目の近い者がそれで見ると遠くがよく見える、と言う」

「なるほど、メガネね。小兵太どのの目がよく見えたら、どんなに喜ぶだろうな！」

「うん。今度明の船が来たら頼《たの》んでみよう。メガネさえあれば、小兵太どのは立派《りっぱ》な武《ぶ》将《しょう》になれるのではないか」

ゴンザの顔がパッと明るくなった。

「……だな！　いいな、それ！　小兵太どのは日本初の、メガネをかけた戦国武将になるのか！」

私《わたし》たちは声をあげて笑った。太陽が雲をバラ色に染《そ》めあげていた。

ゴンザはその後、約束どおりおじじ様の養子となり、跡目《あとめ》相続につきもののごたごたはあったが、無事、萩生領主《はぎうりょうしゅ》となって、萩生権三郎忠信《ごんざぶろうただのぶ》と名乗った。

そうして、小兵太どのは日本で最初にメガネをかけた戦国武将として、世に知られることとなった。大人になって、彼《かれ》は領主権三郎の側近としてその片腕《かたうで》となり、また生涯《しょうがい》変わらぬ親友であった。

領主となったゴンザは、戦《いくさ》に出陣《しゅつじん》し数々の手柄《てがら》をたてて、萩生家を豪族《ごうぞく》から小なりといえど、大名にまでしてのけた。勇将《ゆうしょう》であり、数々の奇策《きさく》をもちいた戦いぶりから、「狐武将《きつねぶしょう》」と呼《よ》ばれることになったのは奇遇《きぐう》である。

私《わたし》はといえば、すべてが片《かた》づいた後、青海に戻《もど》り、姉上の跡《あと》をついで数年の間、龍神宮《りゅうじんぐう》の祭主をつとめた。

山の龍神様のおかげか、私の奏上《そうじょう》する祝詞《のりと》はよく海の龍神様にも通じたようで、青海には長く豊漁《ほうりょう》が続き、海難《かいなん》もなかった。

やがて大人になった私は、驚《おどろ》いたことにタヨの言うとおり、背《せ》も高く堂々たる美人に成長した。

そうなると、あちこちの大名家からの縁談《えんだん》が降《ふ》るように舞《ま》いこむようになったが、私はそれらをことごとく断《ことわ》り、なんと、小大名の萩生権三郎の妻《つま》となったのである。

私たちは夫婦《めおと》となって、長く続く戦国乱世《らんせい》を生きのびたが、とうとうすべての戦火が消え、徳川政権《とくがわせいけん》のもとに日本が統一《とういつ》されたのは、それから四十年の後。私たちがもう老境《ろうきょう》にさしかかるころであった。

私はゴンザとの間に五人の子をもうけたが、うちふたりは神の姿《すがた》で生まれた。その出産にはゴンザだけが立ち会ったのだが、二度とも、子は美しい光として生まれ、一瞬《いっしゅん》、若々《わかわか》しい神の姿《すがた》をとり、私《わたし》たちに礼をすると、また光となって空へと昇《のぼ》っていったのだった。ひとりは龍神川《りゅうじんがわ》の神となり、もうひとりは竜ヶ岳《りゅうがたけ》に昇り、そこの神となった。

それゆえ萩生では今日でも、その山にも川にも、神がおわすのである。

了

みなと菫（みなとすみれ）

1994年東京都生まれ。文化学院文芸コース卒業。
第56回講談社児童文学新人賞佳作の『夜露姫』に
てデビュー。

この作品は書き下ろしです。

龍《りゅう》にたずねよ

2018年７月17日　第１刷発行
2019年２月14日　第２刷発行

著者――――――――みなと菫《すみれ》
発行者―――――――渡瀬昌彦
発行所―――――――株式会社講談社
〒112-8001
東京都文京区音羽2-12-21
電話　編集　03-5395-3535
販売　03-5395-3625
業務　03-5395-3615
印刷所―――――――株式会社精興社
製本所―――――――大口製本印刷株式会社
本文データ制作――講談社デジタル製作

N.D.C. 913　238p　19cm　ISBN978-4-06-511972-3